悪魔のウイルス

松本博逝著

ロックウィット出版

善人とは悪人になる権利である。

1

天然痘、スペイン風邪、新型コロナウイルスの流行した過去の経験が世界の軍事に影響を及ぼしたのは事実だ。新型コロナウイルスに限って言えば、あんなちっぽけなウイルスがアメリカの第一次世界大戦の死者を超えるとは何という軍事的効果だ！素晴らしい。ウイルスが大量に入った容器を人がイワシの様に詰められた野球場、コンサート会場、遊園地等でバラまけば、数十万、時には数百万の人間を殺す事ができるのだ。おまけにかかる費用と言えば研究費くらいで非常に安い。通常の戦争のように戦車もいらなければ、戦闘機や爆撃機もいらない。銃もいらなければ、兵士もいらないのだ。それで大量に人を殺せる。

しかし、このような便利な殺人兵器であるが、自爆しかねないという大きな欠陥がある。ワクチンを用意していても、発症する前に接種しなければならないし、大量に用意しなければならないので、ウイルスの流行に接種が遅れをとればすぐにアウトだ。「では、ワクチンという予防ではなく、根本的な治療薬を開発できないか?」と考えるかもしれないが、それは相当に難しい事も多い。そんなに簡単にはできない。現在の世界でワクチンはあっても根本的な治療薬はない病気も多い。

このような自爆の危険性はあるのだが、国民の命よりも政治的利益を優先する国家ならば、非常に危険な生物兵器も開発しかねないのだ。もちろん、自国民の保護をはかるために生物兵器とそれに対応するワクチンを共に開発するし、その他にも何らかの対処はとるだろう。

だが、このような兵器を開発する国は国民の命を大切にする民主主義国家ではなく、独裁者、もしくは一部の特権階級の命を大切にする国に多い（数が少ない一部の特権階級の人間には簡単にワクチンを普及させる事ができるからだ）。人の命、つまり人権を大切にする国であれば、あるほど、このような兵器には嫌悪し、少しは遠慮するものだ。

このような状況の中で、あるプロジェクトは進行中だった。中国共産党による一党独裁を維持する為の人権問題に非常に五月蠅い欧米諸国を仮想敵国とした計画だ。特権階級の命は一般市民の命よりも重い。これは民主主義が普及してからは少なくなったが、封建社会や現代の独裁国家を含めて、国民が王様になるまでは当然の事だった。現在でも民主主義国家では表向きは主張されないが、完全になくなったわけではない。

このプロジェクトの特徴はモンゴロイド（東アジア人等）とコーカソイド（西洋白人等）における遺伝子の相違に着目している。私達、モンゴロイドとコーカソイドは外見を見るだけで、その違いがすぐに理解できる。モンゴロイドはコーカソイドと比べて、鼻が低いし、色も明らかにそれほど白くない、ブルーの目を持つものもいなければ、生まれつきの金髪もいない。このような違いがある種のウイルスへの耐性があるかないかに関わってくるのだ。もちろん、多民族国家アメリカの特性も考えて、ネグロイド（アフリカ系黒人）への効果も考慮してある。

中国共産党政府は来るべき欧米人との決戦に備えて、ウイルスを数十年も研究し続けた。それはかなり昔の話であるが、ほとんど発展していなかった中国が国民の生活を犠牲にしてまでも情熱をかたむけた核兵器開発によく似た黒い情熱だ。

おまけに、核兵器の使用と違って、ウイルスの使用者を誤魔化すのは簡単だ。秘密裏に敵国に持ち込んで、バラまけば良い。後は、敵国で自然発生したウイルスであるとか、他の国家や反政府組織が持ち込んだと嘘をついておけばよい。どう見てもバレようはない。ウイルス研究所を調査させろとかいう反抗的な国には、この経済大国の中国様が牛肉や車を買ってやらないぞと言えばよいだけだ。推測だけで疑っている国ばかりなので、尻尾を巻いて逃げ出す。本当に調査を強行する国は殆どない。推理しているだけで話しているので覚悟が決まっていないからだ。

自国民が死ぬかもしれないって？　なあに世界でトップクラスの人口を誇る中国だ。いくら死んでも人間なんてうじゃうじゃいる。人間のコストなんてイギリスのような小さい国と比べたら小さなゴミみたいなもんだ。アメリカと比べても鉄屑みたいなもんだ。

もちろん、開発されたワクチンをすぐに全国民に接種させる事はできない。共産党の大幹部とその家族だけが接種対象だ。すぐに全国民への接種をはじめると明らかに誰が攻撃したかわからない静かな沈黙の戦争が、第三次世界大戦へと発展しかねない。それは困る。共産党の大幹部とその家族は神様なので死ぬわけにはいかない。それがはじまるのは欧米諸国が非常にダメージを受けている事で、もうこれ以上、集団免疫がついてウイルスの効果が少なくなっているのとウイルスの発生から相当の時間が経過し、ワクチンの開発が不自然ではないと判断される時だ。

それまでに中国人を一人殺す為に、二十人の欧米人が死ぬのだ。それに一人当たりの中国人の教育レベルは欧米人と比べて低い。つまりは金が費やされていないのだ。先進国でない人間の経済価値は教育レベルが低いので鉄砲玉としては使用しやすい。中国政府としては教育レベルが低い農民一人の命が、欧米諸国の徹底的な理系教育を受けて、大学院まで卒業したエリート研究者の命一人と交換されても大歓迎だ。そこまではいかなくても高校の教員レベルでも十分だ。相手を潰すのにこれだけ美味しい命の交換はない。

これがこの中国政府による概のプロジェクト内容であるが、あくまでその為に作成されたウイルスはすぐには使用しない。あくまで、核兵器と同じように使用する事が目的ではなく、お守りのようなものだ。持っていると安心できるお守りだ。持ってないと枕を高くして眠る事はできない。おまけに、自国民や欧米人をあわせての命の犠牲を中国政府は緊急時以外求めていない。彼らにも人間としての感情が少しは残っているのだろう。

2

ここは中国政府の武漢にあるウイルス研究所だ。数十年前（2020年頃に流行）の新型コロナウイルスの騒ぎでは相当に疑われた事で有名になりすぎてしまった研究所。その新型コロナの真相が本当にこの武漢の研究所が発生原因であったかどうかはわからない。しかし、今でもここで中国政府の生物兵器の研究はおこなわれており、もちろんこのプロジェクトの中心地だ。そして、その暗い数十年の情熱を費やした結果が今、少しずつ出ようともしている。

「ついに成功した。人種によって効果が違う新型インフルエンザウイルスだ」と周研究所長は自信ありげに言った。

「我が中国は先進国になる事に失敗した。法の支配を徹底できなく、有力者の一声で法が変化する人の支配と汚職、都市と農村の貧富の差、異民族問題をどうしても乗り越える事が出来なかった。未だに中進国のままだ。しかし、これがあれば国を守る事ができる」と周研究所長は力強く続ける。

「おめでとうございます」と張研究員は姿勢を正して言った。

「あくまで、人種による違いがでるだけだよ。まだ毒性が強すぎる。コーカソイド（白人）やネグロイド（黒人）は感染すると潜伏期間約六日後、肺炎を起こして、一週間で呼吸困難を起こして、九十パーセント死亡するが、モンゴロイド（黄色人）は一ヵ月生きる事ができる。それは死刑囚を実験した事で明白だ。しかし、大きな問題点がある」

「問題点とは？」

「それをわざわざ聞くか？　君も研究員なら、そんな事くらいわかるだろ？」

「分かりますけど、おめでとうございますといった手前は、知らないフリをしている方が良いと思われましたので」と張研究員は陽気に言った。

「上司だと思って、そんな余計な気遣いはしなくてもよい。一緒に研究している君が研究成果の事を一番よく知っているのは理解している」

「じゃあ、なぜ、少し前の事ですが、人種別に効果が違うウイルスの作成に成功したと言う事を言ったんですか？　とうにみんな知っていますよ」と少し意地悪そうに張研究員は話した。

「成功を強調したいんだよ。どうしても次のステップが更に難関だからなあ」

「まだまだ時間はありますよ。我が国は核兵器を持っていますし、既にその相互確証破壊も完全にアメリカと成立しています。そんなに簡単には攻めてこられないですよ。安心してください」

「そんな事は分かっている。あくまで早く問題を解決したい研究者魂がそう言っているだけなんだよ。俺達のしている事は役にたつかどうか分からない。お守りを作る事はとうに理解している」と周研究所長は熱いコーヒーにフウフウしながら話した。

研究中のウイルスは最初、咳のような呼吸困難から始まり、最後には全身に広まって、皮膚や目、内臓も溶けて血が噴き出し死に至る強毒性のインフルエンザだ。トップシークレットなのでウイルスにはまだ名前はつけられていないが、暗号では「ユダ」とされている。西洋文明の根本であるキリストを裏切り、十字架にかけられる原因を作った男の名前だ。

先進国になれずに、表面的にはヨーロッパ諸国に頭を下げている中国というユダは欧米諸国を裏切り、今まで威張りくさっていた白人どもを叩きのめしたいという中国の野望が表現された名前だ。世界のトップは昔、間違いなく中華文明圏だった。火薬や羅針盤、紙を発明したのも中国だった。しかし、徐々に西洋諸国に負けていった。中国は過去にこだわったのが一つの原因だ。中国は概ね清朝の時代までは過去にこだわり続けた。いつも理想の世界は昔の時代の皇帝の統治だった。三皇五帝等の昔に戻り、過去を理想とした。それに対して、欧米諸国は理想の世界は未来にあるとした。現代の世界を改良する事で未来を良くしようとした。それに対して、中華は過去の聖帝の治世を理想とした。

それともう一つの原因は中国が実用主義中心であった事だ。中国では西洋文明の影響を受ける前は役に立たない物にはあまり興味を示さなかった。それに対して欧米諸国は神が作った世界（ニュートンは神を偉大な数学者とすら考えた）を解き明かしたいと考え、役に立たない知識を集め続けた。そして、役に立たないと思っていた知識が時代を経過するにつれて役に立つという事が歴史を経過すると証明されてきた。実用主義にはなかった利点である。

これが数百年経過すると、中華は欧米に完全に遅れをとった。清朝末期には欧米諸国の半植民地になり、明治維新で西洋文明をいち早く取り入れた新参者の日本にまで馬鹿にされる始末だ。中国はこれには我慢ならなかった。故にトップだったのに今では洋服を着ながらも、心の中では中華の誇りで不満がはちきれそうだ。

崇拝されたい。昔の様に誰もが中華文明に憧れてほしい。できれば洋服を着るように世界中の人々が漢服（漢民族の伝統的な服装）を着てほしい。そういう気持ちが強かった。しかし、今では国民一人当たりのＧＤＰでは中進国にすぎないが、総合計では世界トップレベルの経済大国だ。

「そんな、そんな、俺達が西洋文明に劣るはずはない。絶対に劣るはずはない」と洋服を着ながら、ユダウイルスを作成する中華のねじけたコンプレックスが次に起こる事件の根本的な原因だ。

このウイルスは他にも特徴を持つ、感染力が非常に高いのだ。一人で約百人は感染させる事ができる優れ物だ。ただ、実戦で使用するにはどうしてもモンゴロイドの致死率を下げなければならない。モンゴロイドは死ぬのに一ヵ月かかるが、致死率は他の人種と同じように九十パーセントだ。死ぬまでの期間が長くて猶予があるだけで、結論は同じなのだ。この高い致死率をモンゴロイドだけ下げる事ができなければ、到底、役に立つ事はない。ましてやワクチンの開発はその後だ。考える事すらできない。

「とりあえず、研究は続けなければならない。実戦に使用できるまでには後、三十年はかかるかもしれないなあ。ワクチンの問題もあるしな」と溜息をつきながら周所長は話した。

「私も手伝いますよ。一緒に頑張りましょう」と研究員一同は大声で周研究所長を元気づけた。

この中国にある武漢のウイルス研究所は政府の極秘事項の研究を扱っていたので、研究員の素性はすべて把握されていた。中に海外からのスパイや人間関係に破綻をきたすような者が職員として働いているならば、大きな問題が起こりかねないからだ。その調査は徹底していた。子供時代からの素行、成績、趣味、金銭感覚、現在、既婚であるかどうか等、それに加えて、親の同じような内容までをすべて調査してから安心と当局が完全に把握できるまでは職員として採用される事はなかった。

このような危険なウイルスを扱う研究所の理想とされたのは学力が優秀なのは当然ではあるが、温厚な既婚者でギャンブル等の趣味が無い安定志向の人間であった。おまけに海外からのスパイを防止する為に中国で生まれ育っていなければならなかった。中国籍でも海外に居住していた人間は政府からは信用されなかった。

しかし、そんな賢い羊のような人間で構成される研究所にも時折、優秀なだけで狼のような人間が紛れ込む事があるのが世界の面白さだ。それがこの曹研究員だった。この男は学生時代、真面目で大学の勉強のみ打ち込んでいたが、就職してからは人間が変わったように遊びまわった。もちろん、ギャンブルもする。

この中国の賢い羊を採用する方法はあくまで、就職時の素行等を元に採用しているので、採用後に何らかの理由で人格が変化した場合にはそれを把握する事はできなかった。

「ああ、今日も負けた。最近は株式のデイトレードも難しいなあ」と曹研究員は悔しそうに言った。

「あなたほどほどにしといてくださいね。研究にさしつかえますよ」と曹の妻がたしなめるように話した。

「わかっているよ。もちろんほどほどにしておく」

曹は妻が向こうを向くと、自分の部屋の扉をしめて、鍵をかけた。

「しかし、研究がつまらない。指示された事をするだけで全くつまらない。これでは考える機械と変わらないじゃないか？　創造的な部分はすべて研究所長がとりしきっている。おまけにこっちが何かを発見しても、あいつに取られるだけじゃないか？失敗はなすりつけられるのに」と鼻糞をほじりながら、ダルそうに曹研究員は話した。

曹はパソコンをじっと見ていた。

「やれやれ、給料も少ないし、何か一発あたる事ないかなあ。こんな所でコツコツ蟻みたいに働く人生はまっぴらごめんだぜ」

「もっとスリルを！　もっとスリルを！」と部屋の中で叫んでいた時にテレビからニュースが飛び込んできた。

「スリッツ化粧品が遺伝子工学を使用した新製品を開発中です。現在、チンパンジーでは成功しており、人間での実用化目前です。それは何と思いますか？　びっくりしますよ」とニュースキャスターが言った。

「遺伝子工学を使用した？　んー肌の艶を良くする化粧品？」と番組のゲストは答えた。

「惜しいですねえ。後、もう一声です」

「という事は皺がなくなる化粧品？」

「ピンポーン！　正解です」

それは女性の美貌にとって画期的な大発明であった。それからスリッツ化粧品の株価は異常に上がり続けた。二十日連続ストップ高となった。そして、その化粧品開発の中心となった女性主任研究員、林氏は一躍、化粧品業界の英雄となった。

「もしかして、もしかして、この俺の冴えない薄給生活がやっと終わりになるかもしれない。生まれてから、それほど贅沢もした事もない、まじめに勤勉と勤労だけをしていた生活が終わるかもしれない」と希望輝く目で曹は言った。

曹が今まで手を出していた株式の投資方法は日本円で十万円程度、デイトレードかスイングトレードをするくらいだった。これらはすべて短期投資だった。数年も株式を持ち続ける長期投資はすぐには金にはならないので苦手だった。おまけに十万円程度の金額で短期投資をするならば、趣味で少額の金額を賭けるパチンコをしているくらいの意味しかない。

しかし、今、目の前でスリッツ化粧品の株価が二十日連続ストップ高なのだ。もし、この株式を高値になるが、買ってその流れにのれば大金持ちになれるかもしれない。おまけにスリッツ化粧品は中国有数の化粧品会社でその株の流通量は大きいので、いくら買いが出ようが、売りも同時に出てくる。

曹は迷っていた。この流れに乗りたい。乗ってこの貧乏研究員生活とおさらばしたい。でも怖い。ちょこっと十万円程度、スリッツ化粧品に投資する事もできるが、そんなものは遊び程度の金額を賭けるパチンコと変わらんので、勝っても現状と同じだ。全財産、否、全財産だけではたらない、自分の家の実家や妻の実家、それに親戚や友人に金を借りまくって、それを担保に信用取引（自分の資金を担保に何倍ものお金を借りて、株式に投資する危険な方法）でなければ、意味のある勝ちにはならない。

「でも怖い、勝ちたいけど、怖いどうしよう」と曹の不安な心が呟いた。

数日後、ニュースを見ると、今日で二十三日連続、スリッツ化粧品の株価はストップ高である。この流れは続くとほぼすべての証券アナリストも言っている。それはそうだ。この会社が開発した皺がなくなる化粧品は天才と呼ばれる女性の林主任研究員が細胞培養技術でできた若い細胞を化粧品の中に入れたものだ。若い細胞が皺になった古い細胞と合体し、細胞自体が若返って皺がなくなる。更には低い価格で大量に培養できる技術も簡単に確立されている。まさしく、女性の夢だ。今までは整形手術でしか皺を取る事はできなかった。

怖いだけではなく、他にも資金をどのような理由で集めようかという問題もある。金持ちになる為に株式に投資しなければならないから、金を貸してくれというのか？そんな理由でとうていお金を貸してくれるとは思えない。

「死ね」と皆に言われるかもしれない。

だが、時間はまってくれない。この連続ストップ高もずっと続くわけではない。どこかで絶対に止まる。その前に何とか流れにのりたい。

曹はユダウイルスの研究を手伝っていたのだが、このスリッツ化粧品の株価が頭から離れないで、仕事どころではなかった。

「コラ！　お前何やっているんだ馬鹿！　お前、やる気が無かったら、この仕事を辞めたらどうだ？　代わりはいくらでもいるんだぞ！」と周研究所長の罵声が聞こえてくる。

「すみません、ちょっと熱があるもので」と曹研究員は小さい声で言った。

「ボケーっとしやがって！　この役立たず！」

「すみません」

曹は表面上、謝罪していたが、それどころではなかった。この人生の中、最初で最後かもしれない勝ち組になる賭けの事で頭がいっぱいだった。こんな糞みたいな所でうだつのあがらない人生を送りたくない。だが、時間は過ぎていく、すでにスリッツ化粧品は二十五日連続ストップ高である。いつかは下がるとみんな知っているが、勇気と知恵がある奴が勝つチキンレースだ。

「うるせぇ！　今はそんな暇はねぇ！」と言って、実験用の試験管を周研究所長に投げつけてやりたいが、何とか家族の為に我慢している。

こんな所で遊んでいる暇は無い。早く資金の都合をつけなければならない。時間は無い。もう、計画では実家や親戚、友人に金を借りている暇は無い。そんな事をすれば連続ストップ高の流れに乗り遅れてしまう。中国マフィアに肝臓を担保に金を借り、その他にも即金で金を貸してくれる正規の貸金業者を二日くらいでまわるしかない。

それしかスピードに乗り遅れない方法は無い。それをすれば、連続ストップ高の流れに乗れる。乗った後には一番高値の頂点で売り逃げて、働かなくても贅沢に暮らせる財産を作る。もちろん、豚鼻の妻とも離婚する。

その日から曹は病気と偽って、会社に出社しなくなった。期限は二日だ。二日の内に資金を集めて、スリッツ化粧品の株式を買わなければならない。それも信用買いなので、全財産の数倍の資金で買う必要がある。

資金集めは、順調だった。今までクレジットカードで生活費を払う事くらいしかしなかった曹の信用は最強だった。スーパーホワイトでおまけに安定した職業についていた事もあって、正規の貸金業者は湯水の如くお金を貸してくれた。素早く、一日で十二社の貸金業者を訪問した事も良かった。情報が一日では他の会社にまわらない仕組みになっていたのだろう。借り入れも自動機械からだったし、疑われる事もなかった。もう、中国マフィアに肝臓を担保とかいうアホな事を考える必要も無い。

「税込み年収、五倍のお金を借りる事ができた。おまけに十年間少しずつ溜めた夫婦あわせての貯金もある」と嬉しそうに曹は言った。

もちろん、株式投資に夫婦が働き蜂のように汗を流して溜めたお金を使用するという事は妻には言わない。黙って投資する。話をしたら、大きなトラブルになってしまう。成功したら、あの豚鼻ともおさらばだ。

曹の心はウキウキしていた。人生でこんな経験はめったにない。やっと脱出できるんだダンゴムシのような生活を。今、信用買いで借金と全ての貯金を合わせた金銭の六倍の株を買う事ができた。テレビに出てくる証券アナリストもスリッツ化粧品の株価は後、十倍の価値はあると断言している。

おまけに林主任研究員は美人という事でマスコミにも超人気で本当に研究員である

かどうかわからないような感じになっている。コマーシャルに出演し、雑誌のファッション特集にも出ている。これが更にスリッツ化粧品の株価上昇にスピードをかけている。イメージ向上の役割をしているのだろう。株価はすでに三十二日連続ストップ高だ。勢いに陰りは見えない。

曹の資産は株を買った日から数日しかたっていないが、すでに二倍の価値に膨れ上がっていた。心の中は「ハハハハハハッハ、ウヘヘヘヘヘヘ」という天国にものぼるような気持ちだ。

「俺はお前らとは生きている世界が違うんだ。君達！」と曹は胸をはって話した。

「また妄想が始まったよ」と張研究員はあきれて言った。

「そのうちわかるよ」

「なんか良い事でもあったのか？　それとも頭に隕石でも落ちたのか？」

「そのうち理解できるよ」

「気持ち悪い奴だなあ」

それから、暫くは毎日、仕事の帰りに曹は飲み歩いた。普段は飲み歩く事なく、真っ直ぐに家に帰る伝書鳩みたいな奴は飲み屋が鳥の巣のような状態になった。完全にうかれていた。未来は薔薇色だった。

その後、暫く、スリッツ化粧品の株価はストップ高が続いた。これで四十日連続ストップ高だ。そのような明らかにバブルかもしれないという状況でも世間の空気はまだまだ強気だった。連続ストップ高は四十日で止まったが、緩やかな株価の上昇が三ヶ月は続いた。

その時には曹が所有している株の価値はすでに七倍になっていた。そこから、曹はどんどんと怖くなってきた。この株価の上昇はいつまで続くのだろうか？　もし、下落するにしてもストップ安でなければ十分売り逃げられる可能性が高い。暫く待とうか、それとも利益確定の為にすぐに売るべきか。悩む。

曹はそういう事を考えながら、毎日通勤していた。仕事よりも株価がどうしても気になっていた。トイレの回数は一日十五回を超えている。もちろん、トイレに行く為ではないトイレの中、スマホで株価をチェックする為だ。同僚にも十分に怪しまれていた。そして、その人生最悪のニュースが飛び込んできたのもトイレの中だった。

「スリッツ化粧品の美人、林主任研究員が皺の無くなる化粧品の研究結果を偽造の可能性。世界中の研究者が研究結果に懐疑を感じている」という一報がスマホの号外速報で流れてきた。

「・・・・・・・・・」と曹はそのスマホの画面を見て、目が点になった。

その時を境にスリッツ化粧品の株価はストップ安が続いた。もちろん買い手が誰もいない状態で売り抜ける事はできなかった。曹は誰も買い手が出てこないので売り逃げる事はできないと知っていても、売り注文を出し続けた。なんとか、なんとか逃げ切りたかった。神様が曹の株だけを買い支えてくれると祈りながら、売り注文を出し続けた。しかし、奇跡は起こらなかった。

　株がゴミクズになった日、曹は妻と小さい娘の首をネクタイで絞めて、……………殺した。彼の人生は終わった。

3

曹は家族を道連れに死のうとした。自宅マンションの十二階から何度も飛び降りようと、ベランダに上った。だが、飛び降りる事はできなかった。死ぬ勇気がなかったのだ。家族だけは殺害できたのに、自殺の覚悟ができていない身勝手な奴だった。又、それだけでは満足できなかった。

「道連れにしてやる、世界中の人間を道連れにしてやる!」と心の中で強く思っていた。

もちろん、その方法はユダウイルスを持ち出して、地下鉄やコンサート会場、遊園地等の人が沢山いるところで拡散する事だ。こんな糞みたいな世界を作った人間が許せなかったのだ。

まだ幸いにも研究所には所属している。こんなに有利な立場は無い。警備は厳重だったが、あくまで外部の人間に対してだけだった。内部の人間にも出入り時にはきびしくチェックする規則はあるが、この研究所では事件が全く起こった事がないので完全にザルになっており、形骸化していた。

「お前達には悪い事をした、一緒に死んでくれるオモチャを沢山もってきてやるからな」と曹は妻と娘の死体に話しかけた。

本来はこうなるはずではなかった。まさか、妻だけではなく、娘まで手にかけてしまうとは失敗だ。本来、成功する予定であり、こうなるとは予測もつかなかった。勝てる戦いだった。しかし、林主任研究員の捏造ですべての人生が狂ってしまった。捏造が発覚するまでは株価はたまに値段が下がる事はあっても、まだまだ上昇中だった。

夢の中まで見た、冴えない研究員が真面目に一生働いても買う事ができない家、高級車、高級家具等、すべてが水の泡だ。後に残された人生は刑務所しかない。

そして、曹の復讐が少しかなった。世間は林主任研究員叩きに夢中だ。今まで、すべてのマスコミは彼女の事を英雄扱いしていた。研究者の鏡、中国の経済界に貢献する星というとても綺麗な美辞麗句が今まではさんざんにテレビ、新聞、雑誌で述べられてきた。彼女の小学校、中学校、高校の担任をしていた先生や大学のゼミ担当の先生はすべてマスコミによって取材され、褒め言葉のみが掲載されていた。もし、あの時、林氏の悪い部分をよく知っている同級生が悪事を述べてもすべてのマスコミは殆ど無視しただろう。

しかし、今は手のひらをかえしたように彼女の善い部分は無視し、悪行の部分だけを強調している。マスコミの怖さがよく分かる事例だ。マスコミにとって必要なのは英雄か犯罪者のどちらかだ。普通の人はいらない。だから、できるだけ極端に報道するのがよくわかる。林氏は過去において客寄せパンダの英雄、今は客寄せパンダの犯罪者としてマスコミの金儲けの道具にされている。それを不憫と曹は感じながらも、彼女に対しても激しい憎しみを感じている。このユダウイルス拡散計画で命を奪ってやるつもりだ。

それにしてもマヌケな連中だ。研究所の警備員は今までの経験だと顔なじみだとなんの警戒もしていない。最初に研究所に配属された時は厳しく荷物検査をおこなっていたのに、今は面倒になって物が入っている袋やケースを見せるだけで自動的に出入りする事ができる。まあ、人員不足の中、警備実績を求められるので警備が手抜きになるのは仕方が無い。

この状態がいつも続くという予想は大きな隙になる。つまりだ。ナレルという事は緊張感が失われる。緊張感を数十年にわたって長期に維持するのは難しい。作業が手抜きか、もしくは手抜きとはいかなくても昔の古臭いやり方と変わらないというのが現実だ。幸いにも今回の警備員は手抜きという最悪の給料泥棒だ。

曹は夜中に進入して、ユダウイルスが入っている特殊な容器を盗み出してやろうと考えたが、その方がリスクは高いと考えた。それよりも味方のフリをして、盗み出してやるほうがはるかに簡単だ。おしゃべり好きな曹は普段の時からも、暇な時は警備員としょうもない雑談をしている。それも五分から十分程度の雑談だが、これがこの盗みに格段の効果を与えるのは間違いない。無愛想な顔をして、見下しながら警備員から通り抜ける研究員は手抜きとはいえ、荷物の中身まで軽く見られるが、愛想が良い曹は中身を見せなくて良い。ほぼ完全なノーチェックだ。

　家族に手をかけた翌日、曹は何気ない顔をして研究所に出勤した。もちろん、匂いから殺人がバレないように妻と娘の遺体はコンビニで買った大量の氷で冷やして、人目につかない場所に隠している。この一日がバレなければよい、この一日でユダウイルスを盗み出して、地下鉄か遊園地かのどこかでばらまいてやるつもりだ。一日だけバレなければよい。

「今日は機嫌が良いですねえ。何かあったんですか？」と顔なじみの警備員が声をかけてきた。

「んー、今日は娘の誕生日だからデパートで何か買ってやらないといけないなあ」と曹は嬉しそうに答えた。

　しかし、内心、世界は今日で終わるんだ。この便所虫のような俺の人生と一緒にお前らの素晴らしい人生も終わるのだ。だから、嬉しいのだというのが心境だ。お前ら見ている微笑は天使の微笑ではなく、天使を装っている悪魔の微笑だという事を知っているのかな？　娘は死んでいるんだよ。私がこの手で殺したんだよ。あの雌犬（林主任研究員）の責任でな。

今日の勤務も単調だ。馬鹿らしい仕事だ。早くユダウイルスを盗み出して、逃げたいが、どうにも隙が見当たらない。どうしても曹の周りには人がいるのだ。虫ケラどもが休憩時間に話しかけてくる。

「娘さんの誕生日には何を買ってあげるの？」と近くの女性研究員が話しかけてきた。

「ゲームソフトとか何かを買ってあげるつもりさ」と曹は面倒くさそうに答えた。

「女心が分からない人ね」

「私に女心がわかるわけないだろう」

「ゲームソフトなんかで女の子が喜ぶもんですか」

「喜ぶよ。まだ子供だもん」

「何歳？」

「七歳だよ」

「七歳って、もう女だよ」

「七歳で女？　まだ子供だよ。幼虫さ、男と変わらん」

「七歳なら、可愛らしい服や靴の方が喜ぶと思うな」

「そんなもんなのかなあ」

「お前、くだらない話をするなよ！」と言葉では絶対に出す事ができないが、心の中で強く思っていた曹は表面上、適当に話をあわせていた。話をしながらもユダウイルスが大量に入っている容器を盗み出そうと狙っていた。実験用の試験管等にはユダウイルスは入っているが、どうしてもその量だけでは世界を破滅させるという目的を達成させるには弱い。このウイルスの性質上、空気やプラスチックの上でも長期間の生存は可能だが、人間の体力の壁を打ち破るにはある程度の数がいる。なんとしてでも、ウイルスが大量に入っている容器を盗みださなくてはいけない。

しかし、チャンスがなかなかやってこない。数個ある大量保存容器の内の一つでも盗み出す事に成功できたならば、人類は終わりだ。今、手元には休憩時間に買ってきた縫いぐるみの人形がはいった箱がある。もちろん、誕生日プレゼント用の可愛らしくて、きらびやかな包装がしてある。大きさや形は大量保存容器とかなり似ている。これを目的物と素早くすりかえなければならない。これが今回の作戦だ。

時間が経ってきた、焦りを感じる。すでに夕方五時だ。この時間帯になれば、娘の誕生日の為に研究所を少し早く早退したいと上司に言える時間帯だ。それより早く前に大量保存容器を手に入れたならば、頭痛や何かで研究所を早退するつもりだったが、すでにこんな時間帯だ。

「時間が無い。今日一日で決めなければ、プレゼント作戦は失敗だ」と心の中で曹は強く焦りを感じながら言った。

「どうしよう、どうしよう、どうしよう」と時間が経てば経つほど強く感じるようになる。

だが、その時に考えもしない事が起こったのだ。なんというミラクル！

「ジリジリジリジリジリジリジリ」と警報音がなった。

「何だ？　何が起こったんだ？」と皆が呟く。

「火事だ！　火事だ！」とそれと同時に大きな声が研究所に鳴り響いた。研究所内には少量だが、煙の匂いがしてくる。

研究所の中は緊張状態になった。研究員は全員が作業の手を止めている。周りをジロジロ見ている人もいれば、窓を覗こうと研究室から出る人もいる。もう、研究所の中はパニック寸前だ。

その様子を見ていた曹がこれはいけると考え、とっさに機転をきかせて大声で叫んだ！

「煙だ！　煙が火より一番危ない。吸いこめば下手すると五分で死ぬぞ！」

これで研究所内の空気は一変した。あれこれと先に逃げ出そうとする人が続出した。女性研究員は「キャー、キャー」と金切り声を上げて逃げ始めた。それにつられて、我先に逃げ出そうとする男性研究員もいる。

曹はこの様子を面白がって見ていた。こういう時にこそ人間の本性が出るのが面白い。道徳的な説教を毎日部下にたれている周研究所長が女性の髪をつかんで、その身体を無理矢理押しのけて逃げようとする非常に見苦しい光景にはとても満足だ。それにいつも叱られている駄目研究員が意外ではあるが、パニックにならないように自分が先に逃げないで、人々を誘導しているのにも感心した。

「楽しく眺めてはいられないな」と満足そうに曹は呟いた。

研究所にはもう誰もいない。大声で叫んだ後、すぐに自分の机の下に隠れて周辺の様子を伺っていた曹は、机の下から飛び出した。そして、すぐにユダウイルスが大量に入っている容器がある部屋に忍び込んで娘のプレゼントとすり替え、ユダウイルスの大量保存容器をプレゼントの包装で包んで怪しまれないようにした。

「たぶん、警備員も逃げ出しているんだからここまでする事ないかな」と独り言を勝ち誇って呟いた後、曹はもうすぐ暮れそうな太陽と同時に姿を消した。

4

ここは闇夜の遊園地だ。すでに夜七時ともなっているが、日曜日でまだ夜のパレード予定があり、客は沢山いる。主に家族連れだ。ここに曹は一人でいた。

「ここは楽しそうだなあ」と曹は悲しそうに呟いた。

ここには曹が欲しい物があった。それは家族の幸せと富だ。妻との夫婦関係が上手くいっていなかったので、それはとても羨ましい物に思えた。おまけに富だ。誰もがすべて金持ちというわけではないのだが、なぜかこの夜の遊園地という空間には貧富の差がないように思われた。誰もがみんな平等、金持ちも貧乏人もいない。まるで、おとぎ話の世界だ。このような世界が現実に存在する。一時的にしかすぎないが、誰もが幸せで平等な世界だ。

金持ちも貧乏人も列を平等にアトラクションの順番を待っている。金によって、列が乱される事もない。大人も子供のようになって遊んでいる。すべてが子供のようだ。

「私達家族にもこのような時代があったなあ」と曹は懐かしげに溜息を吐いた。

手元にはこのおとぎ話の世界を完全につぶす事ができるユダウイルスがある。今頃、研究所はユダウイルスの大量保存容器と曹の行方不明で、蜂の巣をつついたような大騒ぎだろう。ここにあるのんびりとした世界とは大違いだ。

最初は地下鉄にユダウイルスをまいてやろうかと考えたが、人類の終わりを宣言する場所としては物足りない。アダムとイヴが住んでいた楽園のような場所が良いと考えたので遊園地にしたのだ。

「メリーゴーランドに乗ってみようかなあ」と曹は呟いた。

遊園地にいくのは三年ぶりだ。あの時は夫婦関係も悪化してはいなかった。金はなかったが、幸福はあった。今のようなすさんだ気持ちではなかった。未来には希望があった。だが、あの妻は結婚して、時間が経てば、経つほど曹にこう言ったのだ。

「この甲斐性なしの雄豚！」

この言葉を曹が毎日、妻に聞かされてから、夫婦関係は急速に悪化した。学生時代は研究に夢を持ち、金には興味はありつつも中庸を保っていた曹は金、金、金となっていった。そして、それが今、最悪の人生の結果となった。

曹はメリーゴーランドに乗ろうと、列の最後尾につき、そして、自分の番がまわってきた。

「わあああ、目が回る♪」

外の景色は光がレーザーのように伸びて、幻想的な光景になっている。まるでこの世のものとは思えない。酒か麻薬か何かをやっているような感覚だ
「体がひっぱられて気持ちいい♪」

メリーゴーランドが早く、回転すれば、するほど、酒か麻薬に浸っているような感覚になる。だが、あの留め金のかかった保存容器だけはしっかりと手でつかんでいる。

あのすさんだ気持ちがどんどん無くなっていくような気がする。だが、自宅に帰れば、家庭があるわけではない。あるのは冷たくなった妻と娘の死体だ。後には戻れない。

次は何に乗ろうかと曹は考えていた。ジェットコースターにしようかなあ。んーそれには乗れないなあ。保存容器を持っては乗れない。

「じゃあ、どうしようか?」と考えて、夜のパレードを見に行く事に決めた。あそ

こは花火と輝く光のお祭りだ。かわいい顔をした縫いぐるみを着た人が光り輝く中で夢の世界を演出していた。

曹はもはや、研究所の職員には見つからない自信があった。ユダウイルスの大量保存容器を急いで開ける必要は無い。それまでには時間がある。時間があるのならば、重大な決断をする中で、少しは何か楽しめる物を探したかった。

一口サイズにカットしたパイナップルでも食べようかなあ。アイスキャンディーも美味しいが、歯がカリカリするのは少し不快だ。

「パイナップルを一つください」

「どうぞ」

「グチョグチョ」と音をたてながら美味しそうに曹はパイナップルを食べた。この感覚はたまらない、この幸せな感覚。

外は光の世界のような豪華絢爛なパレードだ。この中でフルーツを食べる感覚は非常に幸福なものだ。眩しい光が曹の瞳を輝かせる。

その時、曹は非常に美しい少女を見た。年齢は小学校中学年程度だ。顔立ちは将来のモデルや女優を感じさせるキリッとした西洋人のような顔立ちで、目も大きいだけでなく、鋭く光り輝くものがある。親子と思える両親に連れられて遊園地に来ているようだ。

「美しい」と曹は溜息を出しながら独り言を言った。

目が自然にその少女に集中した。身長はまだ高くないが、足はカモシカのようだ。膝まで水色と白の縞模様の靴下を履いており、それがまた非常によくにあっていた。両親の服装も上品で、持っている品物も高級そうなので、最近、勃興してきた新しいタイプの産業で成功したニューブルジョワジー（新興資本家）の家族のように思えた。

「あれが真の勝ち組だよなあ」と曹はついに手に入れる事ができなかった自分の夢をつかんだ一家を羨ましく思いながら言った。

でも、この幸せな空間の中なら、このような格差も大きく意識されない。妬ましいという感覚よりも美しい家族だとすら曹は感じた。しばらくその家族に見とれていたが、曹は現実に戻って、最後の楽しみを考えようとした。

「ポップコーンでも食べようか！　コーラでも飲もうか！」

曹はゆっくりと座っていたベンチから立って、店に向かった。

「ポップコーンとコーラをください」

「どうぞ」と店のオヤジは怪訝な顔をして、この中年の男に商品を手渡した。

曹は商品を手に持って、前に座っていたベンチに戻ろうとしたが、そのベンチにはすでにあの美しい少女と家族が座っていた。

「取られた」と曹は悔しそうに呟いたが、内心はその少女の瞳に引き寄せられるようだった。

曹はその瞳を見ていたが、その家族はどうやらアトラクションの縫いぐるみダンスが気になって、その視線に気がつかないようだ。

曹もその家族が座っているベンチと今、曹の座っているベンチの間に虎の縫いぐるみを着た人がダンスをしていたり、観客の握手に応じたりしているのを見て楽しんでいる。曹は大人なので縫いぐるみの中に人間が入っているという事を確実に知ってはいるのだが、それを忘れて楽しめるのである。不思議な世界だ。

縫いぐるみの中に世界で一番嫌いな人間が入っていても、楽しめるかもしれない。本質と役割の区別ができると人間は思っているが、実はそうではないかもしれない。いかに自分の大好きな家族でも権力を持っている誰かに無理矢理、自分を何時間も鞭打つ役割を与えられたら、大好きな家族でも大嫌いになってしまうかもしれない。本質と役割は完全に分離できるのか？　否、できはしない。

曹は縫いぐるみのダンスを見ている最中も「チラリ」とその美少女を見ていた。

「美しい」と曹は呟きながら、ポップコーンを口にいれ、喉にコーラを流し込んだ。

その光り輝いた世界に縫いぐるみのダンスとその美少女が交互に入れ替わる光景が交差する幻想的な世界だ。音楽も聞き惚れるような欧米の楽曲。光は輝いたブルーとレッドで少女の顔を照らしたり、縫いぐるみを照らしたりもしている。もちろん、薄汚れた曹の顔もだ。

曹はその光景を見ながら、罪の意識を感じていた。もうすぐこの美少女が生きる美しい世界を破壊しなければならない。それも、キチガイの女研究員を信じて、全財産を誤って投資して破産し、家族をこの手にかけたという身勝手な理由で世界を潰さなければならないのだ。

この幻想的な美しい世界を創造するのに地球は何十億年の時間をかけたのだ！　小さな微生物から出発し、魚類、両生類、爬虫類、鳥類に進化し、ついに哺乳類になって、知的生命体の人間となった。この相違工夫された光や音楽、あの美少女を含めた上品な家族を創造するのには膨大な時間と自然の知恵が費やされている。それをこのユダウイルスですべて潰す事になるのだ。たとえ、人間以外の生物が生き残っても、人間のような知的生命体になるまでには相当な時間がかかるだろう。

「私は世界の破壊者になってしまうのだ！」と少し大きな声で曹は言ったが、光のパレードの音にかき消されて、周りには少しも聞こえなかった。

曹はそのように言いながらも、目は美少女の瞳に釘付けだった。確かに縫いぐるみのダンスも見てはいたが、もうこの時には美少女の瞳をジロジロ見ているという事がバレない為の偽装にしかすぎなかった。視線の中心は美少女にあった。

時折、その美少女と目があったが、彼女は偶然と思っているだけで何も感じていないようだ。曹はここらへんのフェイクは得意で少女と目があう瞬間に縫いぐるみのダンスにそらしたりしている。しかし、どうやらあまりにも見すぎていた為に美少女に気づかれたようだ。

「あの変なおっさん、私をジロジロ見てくる」と美少女は氷のように冷たく言った。

「ここから、立ち去るべきね！」と裕福で上品な母親は警戒心を込めて言う。

「なんで私が向こうに行く必要があるの？　気持ち悪い無職の男に違いないのに。シッシッあっちに行きなさい」と手でアッチイケ合図をしながら、美少女は冷たく言い放った。

その時、曹の頭の中で「プチッ」という音が鳴った。曹はユダウイルスが入った大量保存容器を開けて、その一家に投げつけ、見事に命中した。その容器はなんと美少女の頭にかぶさったのだ。

「ウェーン、ウェーン」という美少女の鳴き声が夜の遊園地に木霊した。それは世界の終末を予感するような悲しげな響きだった。

5

中国政府はこの世界的大事件を当然に誰よりも早く知った。しかし、ほぼ何もしなかった。正義や義務感よりも自己保身と恐怖が中国共産党幹部の中では何よりも優先されたのだ。

まず、事件の一日後には武漢の都市封鎖が宣言され、すべての住民は武漢からの移動をすべて禁止された。飛行機はもちろん、車、電車すべての移動は禁止となった。と同時に中央の上位百人程度の中国共産党の幹部が仕事を部下にまかせて、一斉に海外に逃げ出したのだ。

この上位の幹部はこの致死率九十パーセントの強毒性インフルエンザで、感染力が非常に高く、僅かな唾や汗、空気からもすぐに感染する殺人兵器の怖さを知っていたからだ。基本再生産数（一人の感染症患者から何人に感染させるか、正しく言うと、一人の感染者が生み出す二次感染者数の平均）はなんと約百人だ。都市封鎖等してもとうてい止められる数ではない。実験室から出たら防ぎようはない。

彼ら上位の幹部はできるだけ中国から遠い国に逃げようとした。できれば遠いだけではなく、誰もこなさそうな無人島を目指した。こういう時の為に普段から蓄えた金塊や国庫から盗んだ金貨が役にたった。情報をいち早く知っている彼らはすでに紙幣が何の役にもたたなくなる事を知っていたのである。彼らの計画は無人島をいち早く買い取って、食料と水を蓄え、外からの侵入者に備えて武器を蓄える事だった。

次にその下の中級幹部三千人程度は国庫から紙幣をくすねて、無人島とはいかずとも海外に逃げ出そうとした。国庫に金貨はなくても、価値が下落する前の紙幣はまだ大量に残っていた。これを持ってアメリカやイギリスやアフリカの南端等の中国から遠い国に逃げようとしたのだ。

更に下の幹部クラスになるとまともな情報はもう入ってこなかった。噂に色々な物が付加されただけだった。

「アメリカとの決戦に備えて、上層部は地下司令室にこもった」

「インフルエンザウイルス対策の為に幹部は海外に視察しにいっている」

「武漢が封鎖されたのは豚から発生した弱毒性インフルエンザが原因だそうだ」

もはや庶民と同じようなものだ。このウイルスは感染して、症状が出るまでには六日程度の時間がかかる。発症後はモンゴロイドなら一ヶ月で死亡だ。この症状がでない時を庶民は何も無かったように暮らすしかないのが現実であった。

この時、日本は何をしていたかという事について述べよう。明らかに中国からは何の情報も入ってこなかった。海外に逃げだした中国共産党の上、中級幹部はその自分達がつかんだ情報は絶対に人には漏らさなかった。世界が混乱する前に自分達を守る準備を固めたかったからである。この情報が漏れれば、金塊一キロが米一キロと交換されるくらいに価値が下落するかもしれないぐらいの爆弾情報だからだ。金の安定性を持っても、価値の下落は防げそうにはなかった。

僅かながらも武漢封鎖と上、中級幹部の逃亡という事だけは同盟国のアメリカから伝えられてきた。この僅かな情報をめぐって内閣では意見が交わされていた。

「このアメリカから伝えられた情報をどう思う?」と谷岡総理は怪訝な顔で言った。

この谷岡という人物は非常に正義感の強い人物であった。政治家や経済界や芸能界の大物の家に生まれたわけでもない庶民の出身だ。父親はトラック運転手で母親はスーパーでパートをしているごく普通の家庭。その中で人の何倍も努力をしてきた。小学校から大学まですべて国立だ。それも旧帝国大学出身者で元キャリア官僚である。

この四十代前半で大統領制でもない国で内閣総理大臣の椅子を手に入れたのはまさに奇跡と言ってもよかった。それも派閥争いの中で醜く激しく争った結果、誰もが内閣総理大臣のポストにつけなかった。その中で生まれた妥協の産物だ。もし、派閥の中から総理大臣を選んだならば、与党である日本党が分裂していただろう。

この分裂を防ぐ為に誰にも憎まれていない、無派閥で最も性格の良い人間を総理大臣に選出する事でこの醜い派閥争いを終わらせたい。なんとか政権与党の座から陥落しないようにしたいという強い願望がこの若い男を総理大臣の椅子に導いたのだ。

「まだ何もわかりませんが、推測からだと何かのウイルスが原因かもしれません」

と曽我内閣官房長官は慎重そうに言った。

「わからないかあ、アメリカからの付加情報は？」

「いえ、まだありません、武漢封鎖から二日しか経っていません。しばらく様子を見ましょう」

「わかった。情報収集にだけ全力を尽くして欲しい。機密費を多少、使用しても大丈夫。私が責任を取る」

「了解しました」

「特に情報収集は逃亡した中国共産党員幹部を中心に頼む。別件逮捕等、多少強引な事も黙認はする」

「わかりました。ただちに動きます」

日本政府は情報収集に全力を尽くしていたが、まだ何もわからなかった。内容を知っているのは逃亡した中国共産党幹部のみの状態だった。その幹部をひたすら官僚は探し出そうとするが、中国に近い日本に逃げてくる人はいなかったので、時間だけが流れていくだけだった。

アメリカも同じ事をしようとするが、幹部の旅券は権力を使用して精巧に偽造されており、本物と殆ど見分けがつかない上に、別人物の名前で登録されており、足跡をたどる事はなかなかできなかった。おまけに幹部達は中国で起こった出来事を話すと世界中の国民から殺されかねない為に絶対に黙秘をしていた。無人島を買い取ろうとする計画も他人名義での所有を計画していた。

武漢封鎖から約三週間の時間が経過した。この頃になってどうやら中国の様子が更におかしくなっている事に世界中が理解し始めた。

「中国の武漢を中心に北京も含めて全土でインフルエンザが発生し、死者も出始めているようです」と中森外務大臣が言った。

「感染者と死者の規模は？」と谷岡総理は不安そうに言った。

「感染者は約百万人程度でその九十五パーセント程度は武漢の住民です。都市封鎖の効果が少しは出ているのでしょう。死者はまだ殆どでていないようです。しかし、僅かな死者の中には体中の内臓から血が流れ、皮膚が溶けている人間も出ているようです」

「皮膚が溶けている？」

「そうです。普通のインフルエンザとは思えないような症状です」

「軍事兵器か？」

「その可能性もあります」

「アメリカはどう言っている？」

「我々と同様の情報を確認していますが、現在は偵察衛星で中国全土の病院と火葬場を偵察しているようです」

「誰か逃亡した幹部は拘束したか？」

「否、ＣＩＡが追い詰めてはいますが、どうやら拘束はできていないようです」

「どのように対策を打つべきか？」

「この事は国民に公開せずに暫く、様子を見ましょう」と曽我内閣官房長官は言った。

「否、公開すべきです。公開して、すぐに日本と中国の往来を全面的に禁止すべきです」と中村厚生労働大臣は述べた。

「それでは、中国の観光客で支えられているわが国の観光産業や宿泊業が壊滅的打撃を受ける。否、それだけではない。現在では多くの産業が密接に中国と連携している。日本経済は不況に突入する」と高橋経済産業大臣は述べた。

谷岡首相は迷っていた。人命を優先するか、経済を優先するかだ。もし、ここで人命を優先して、内閣が持っている情報をすべて公開し、中国との往来を禁止すれば、大量の失業者が発生し、それは多くの自殺者が出る事を意味する。逆に経済を優先すれば、インフルエンザの被害が甚大になる。

「WHO（世界保健機関）は何か情報を手に入れているか？」と谷岡首相は食い入るような目で言った。

「あの機関はもはや中国の傀儡に近いです。もはや何も言ってこないです。インフルエンザは発生していない、中国の感染者はゼロだというだけです」と中村厚生労働大臣はそんな常識を聞くなよというような気持ちを込めて言った。

この時代の国連のすべての機関は中国から莫大な資金を貰っていた。どの国よりも多かった。アメリカもかなり出してはいるが、中国は中世の新冊封体制（中国の君主達が近隣の諸国と名目的な君臣関係を結ぶ事）を現代に復活させようと考えていたので、その機関として国連を利用しようと考えていた。

そして、中国は金を出そうとしているだけではない、人も出そうとしていたのだ。それも賄賂を使用する等は当然だった。今では国連機関の大部分は中国の息がかかった人間がポストについている事が多かった。

「では折衷案はどうだろうか？」と谷岡は藁をもつかむようにいった。

「折衷案とは？」と閣議にいた閣僚は一斉に言った。

「どのようなインフルエンザか正体が全くわからない。ここですべての情報を公開すればパニックが起こる。特に皮膚が溶けている死亡者がいる事を公表すれば、噂に尾鰭が付きかねない。そうなれば、一億総パニック状態だ。そうならない為にも具体的な症状については述べない。中国と日本の往来を全面的に禁止はせずに、武漢でインフルエンザが発生したので武漢を中心に三十キロ範囲内の住人は日本への渡航を禁止する。日本人もその地域には渡航できない。これだけで良いと思う」

「それでは、皮膚がとけるような症状はどう見ても自然発生したインフルエンザとは思えません。もし、軍事目的のウイルスが武漢から漏れたとしたら、どう責任をとるんですか？　自然発生とは比べ物にならない程、強力ですよ」と中村厚生労働大臣は強く述べた。

「確かに軍事目的の人工ウイルスならば、自然発生したウイルスとは比べ物にならないほどに強力な可能性が高い。中国共産党の幹部が世界中に逃亡したのもその証拠かもしれない。しかしだ。この世界の歴史上、人工ウイルスが研究所から漏れて甚大な被害が発生した歴史はない。いつも自然発生のウイルスが甚大な被害を起こしている。私はその可能性が強いと思う。今回も自然発生だ」

「そうだそうに違いない。前例が無い事が起こるわけがない」と高橋経済産業大臣は力強く述べた。

閣僚の中でも意見がわれていた。その割り当てられた大臣ポストは各人にとって得意な分野であり、厚生労働大臣は経済を経済産業大臣は医療を知らなかった。ただ、お互いが自分の得意分野におけるダメージしか認識できなかった。お互いの無知を内閣総理大臣が調整していた。

「じゃあ、どうすれば良いのだ?」と困惑しながら谷岡は言った。

「各、専門家の意見を参考にされては？」と曽我内閣官房長官は言った。

「しかし、時間が無い。感染力が高く、致死率が高いウイルスだと決断の遅れが命取りになる」

「それでは、中国との往来を完全に禁止しますか？　それに、そのようなウイルスであれば、それだけでは危険だ。アメリカやイギリスとの往来も禁止しなければならないです」

「それでは日本経済は致命的ダメージを受けかねない」

「金を優先するんですか？」

谷岡は悩んでいた。昔、流行した新型コロナウイルスが発生した時に彼は小学校四年生だった。あの時見ていた光景は沢山の人間が仕事を失ったという悲しい現実だった。多くの企業が倒産した。生き残った企業も正社員から非正規労働者までを幅広く解雇した。経済を簡単には軽視できるとは思えなかった。しかし、今回はもっと危険な匂いがするが、決断がつかない。

「アメリカやイギリス等、世界各国との往来の禁止まではせず、皮膚がとけるというような症状の具体的情報も公開しない。ただ、武漢だけではなく、全中国との往来を全面禁止し、それはインフルエンザが原因だという事を公開すれば良いのではないですか？」と更に人命よりの案を中村厚生労働大臣は言った。

「それしかないか」と谷岡は考えながら呟いた。

「とりあえず、人命は失えば戻せないが、経済は回復可能です」

「諸外国より厳しい措置を素早くおこない。規制が甘い諸国を観察してみては？」

と中森外務大臣は言った。

「どのラインが厳しい規制と言えるのだ？」と谷岡は興味深く話した。

「緊急に調べて、資料を持ってきます」と中村厚生労働大臣はこの政策は良いかもしれないと嬉しそうに答えた。

数時間後、官僚の必死の努力の結果、初期段階の時点で各国がどのような感染防止策をとったかという資料が集められた。スペイン風邪からの資料がすべて集められ、その資料を元に厚生労働省の官僚が報告書をまとめた。そこにはこうあった。

「すべての国との往来を一ヶ月全面禁止にする事が合理的であり、三日以内に空港、港を含めてすべてを封鎖すべきだ。理由はインフルエンザだけで良い。症状まで詳しく述べる必要は無い。ただ、他国の様子をみながら往来を解禁すべきであり、一ヶ月の全面往来禁止と絶対的に決める必要は無い。又、国内の移動は比較的容易でも問題は無い」

この報告書を見た谷岡首相は概ねこれでいこうと決めた。一ヶ月ならば観光産業もそれほどダメージはない。その損失分は国内旅行の値引き券を後で税金負担によって配れば良いだけだ。日本は人口が一億人近くある国、日本の内需を鼓舞すればなんとかやっていけると考えたのだ。

この内需を喚起する為には国内に中国からの新型インフルエンザが僅かでも発生したという情報はどうしても出て欲しくない。内需にダメージを与えかねない。

「総理、大丈夫ですよ、内需は減らないです？」と曽我内閣官房長官は言った。

「なぜ？」と谷岡は不思議そうに話した。

「国民は平和に慣れているからですよ。今、生きている国民は大規模なパンデミック（感染症の世界的大流行）の経験はあるが、その経験は何十年も前だ。特に若い世代なんかは経験もないので、気にもかけてないです。気になさらないほうが良い」

「そうかな？　私は四十代前半であるが、その新型コロナウイルスの経験があるので気になる」

「それはあなたが思慮深いからですよ。数十年前の記憶等はもう忘れ去られているものです。その前に見てください。新型コロナウイルスのパンデミック以降は大きな流行はない。国民は安心しきっています」

「しかし、海外との往来全面禁止は過激な方法なので、国民が過度に警戒心を起こさないか不安だ」

「大丈夫です。報告する文言に柔らかい表現を使用しなさい。それで大丈夫です」

「例えば？」

「そうですね、過度に警戒するのは危険だが、一応の為とか、そんなんで大丈夫ですよ」

「楽観主義的だね」

「悲観主義もあまりよくないですよ」

これで日本政府の方針は決まった。海外への厳しい往来禁止をとりながらも、諸外国を日和見するという方向になった。貧富の格差が激しく、経済の停滞はすぐに貧困層に大きな影響を与えるアメリカは国内の事情から厳しい政策を取る事はできなかった。経済優先の政策だ。ここらへんは国内の貧富の格差が少ない日本には国民全体で耐えられるという利点があった。

次に閣議で議題に上がったのは、万が一の為の新型インフルエンザへの医療体制である。日本政府は新型インフルエンザに備えて、タミフル、リレンザ、イナビル、アビガン、ラピアクタという様々な薬を備蓄している。

この薬が新型インフルエンザにどのくらい役に立つかは不明だが、無いよりははるかに精神的に余裕があった。しかし、特に軍事兵器として作られたウイルスならば、

ＤＮＡがすぐに変化し、薬の効果があまりなくなる事は確かだ。それゆえにお守りとしての意味くらいしかない事は政府の専門家からもすぐに聞かされ、政府首脳も理解した。

これらにより政府の概ねの政策は決定し、暫く諸外国の様子を見る事になった。後は時間だけが真実を照らしてくれるのみとなった。残酷な真実になる事はこの時点では中国の逃亡した幹部以外は誰も知らない。

6

それから数週間の時間が経過した。海外とのすべての渡航を禁止した迅速なる日本政府の処置は正しかった。海外ではユダウイルスが蔓延しはじめた。感染力が異常に強い為に圧倒的なスピードで感染者が増加し続けた。モンゴロイドが中心でない国も多いので、すでにすべての内臓から出血し、皮膚がとけて、目玉が落ちたゾンビのような死体やゾンビのような姿で商店を掠奪し、生きる為に食料や水を確保しようとする生きた死人も多数見られた。

「商店だ！　まだ食料や水がある店が残っているぞ！　ゴホゴホゴホゴホゴホ」と皮膚がとけて、鼻が無くなったゾンビ市民Aが言った。

「止めてくれ、これを取られたら生活できない」とまだ病気にかかっていない商店主の市民が言う。

「うるせえ！　知るか！　みんな襲いかかれ！」というと同時にライフル銃の雨が「ドドドドド」と轟音をたて、商店主の市民の体を蜂の巣にした。

だが、このユダウイルスにかかったモンゴロイド以外の人種はそんなに長くは生きられないので、すぐに死体の山となった。生き残っているのはすれっからしの鼻なしモンゴロイド達が殆どとなったのである。

特に中国と経済交流が活発で、モンゴロイドが中心で無い国の被害が大きかった。それはもちろん、中国共産党の仮想敵国であるアメリカ、イギリス、フランスを中心とするコーカソイド国家である。これらの国は日本と同程度に科学技術力や経済力は発展していたが、ウイルスに対抗する科学技術を確立する為にはどのような先進国家でも年単位の時間を必要とした。そのような年単位の時間をユダウイルスは与えてくれるはずもなく、時間がなければ、せっかくの科学技術力や経済力も関係はなかった。あるのは発展途上国の市民と同様の惨めな死だった。

そのような状況が起こってから、少し経って、海外に逃げ出した中国政府の幹部がＣＩＡ等の政府情報機関によって、初めて拘束されたが、すでに彼らが持っていた情報が役に立つ事はなかった。もうこれだけ感染者がいるのではワクチンもできていない状況では手のうちようがなかったからだ。しかし、責任の所在は中国の政府系武漢研究所という事だけは明確になったのである。上手く逃げ出して、他人名義で無人島を手に入れて、銃で武装し、食料と水を確保していた中国の上級幹部とその家族もその責任を逃れる事はできなかった。事情が明確になった瞬間に各国の政府は警察に命じて逮捕に動いたからだ。それは中級幹部も同様で逃げ切れる事はできなかった。

これは罪によって罰せられる事を意味するのだが、罰せられるというよりもユダウイルスの被害に同様にあうというのが最も強い罰だった。それに政府も逃げた幹部達を司法上の罪で罰するつもりはあまりなかった。どうせ全容はしれたのだ。形式上の裁判だけをして、後は感染者が沢山いる拘置所に閉じ込めれば、殆どは勝手にウイルスに感染して苦しんで死ぬ。

このような状況の中で日本政府は世界最高レベルの封じ込めに成功していた。最初は日和見的な態度をしていたのだが、素早く、規制をさらに強化していった。海外の情報はマスコミや大使館を通じて、日々素早く手に入れていたからだ。

最初は海外との往来を全面的に禁止する程度であったが、都道府県をまたいだ移動を禁止した。又、海外からの一部の高位政府系帰国者（民間人と下級官僚の帰国は禁止された）やそれらの人々と接触した人達を感染者かどうか確認する為に最低二週間は政府が借り上げたホテルや旅館で医師や看護師達付き添いの元に隔離した。それも海外でのエグイ事例を沢山、政府は見ていたので異常な程、慎重に対応していた。

「わが国の対策は成功したのか？」と谷岡総理は微笑みながら言った。

「それはもちろん成功したでしょう」と曽我内閣官房長官は同じく微笑みながら言った。

「このまま感染者を出さずに上手く終息までいくかなあ」

「それはわかりません」

「なぜ？」

「それはこのウイルスがあまりにも感染力が強力だからです。おまけに死亡率も高い」

「では、いまの状況でも危険か？」

「それは専門家に聞いたところ、大丈夫です」

「なぜ？」

「いまだ、感染者かどうか疑わしい人間は政府が借り上げた施設に全て入居させ、徹底した管理をおこなっております。逃げ出さないようにホテルや旅館でも警察官や自衛隊が数十人で夜中まで警備している状況です」

「逃げ出そうとした者はいるのか？」

「います。しかし、大人しい逃げ方で暴力的ではなく、こっそり抜け出そうというような方法で逃亡をはかっています」

「もし、ナイフ等を持って逃亡をはかろうとしたら、法的には対応可能か？」

「対応可能です。すでにそういう法律はあります。射殺も可能です」

「もし、予測の事態を超える事が起こったら法には限界があると思うか？」

「大丈夫です。総理は常に法にこだわりすぎる。そこが弱点です。法治国家である以上は法を守らなければなりません。そうでなければ法の権威が低下し、法治国家として崩壊してしまう。しかし、そんな事にこだわり続けるのは頭の固い裁判官か検察官、弁護士のような法曹だけです。法を破る事を恐れ続けるのは政治家の仕事ではありません。それ以下の下級の仕事をする人間の意識に必要な物です」

「政治家は法を守る必要はないというのか？」

「また話が極端すぎる。そんな事は言っておりません」

「では何が言いたいのだ？」

「法と政治のどちらが上と思いますか？」

「法だ。法の下に政治があるんだ。それが法治国家の理念だ。法を超える政治があっては絶対にならない。法を超える政治はつまり、独裁政治を意味する。国民主権に反する」と谷岡総理は自信満々に言った。

「政治と法のどちらが先にありますか？」

「政治は成文法（権力機関によって文字で表記される法）によって規定されているので法が先だ」

「違います。それは成文法に着目しすぎです」

「どういう事だ？」

「政治は人間関係から始まります。人間関係は不文法（文章では成り立っていない法。習慣等）で成り立っています。政治という不文法の塊である人間関係が成文法より先です。不文法という人間関係があるからこそ、成文法で規定された政府がクーデターによってつぶされるんですよ。発展途上国を見てください。成文法より不文法が優越している国が沢山あるでしょう」

「我が国、日本が三流国家のように不文法を優先させろという事か?」と谷岡総理は怒気をこめて詰め寄った。

「そんな事はありません。法治国家の理念を信奉する者が法治国家を守るのに成文法より、不文法を優先させる事。つまり、国民から選ばれた法治国家の信奉者の政治家が法治国家を守る為に法を破るというのが許されるといいたいのです」と曽我内閣官房長官は真面目に答えた。

「超法規的処置という事か?」

「仕方ありません。自分自身が国民から選ばれた法治国家の信奉者と自分の中で確信できれば、法を破る権利があります」

「後で問題にならないか？」

「そこを気にしないか、気にするかは大政治家と小物の差です。大政治家は気にしないです」と曽我内閣官房長官は微笑みながら答えた。

「私に大政治家になれと言いたいのか？」と怪訝そうに谷岡総理は言った。

「後の処罰を怖がり、国民の命や財産を守る為に法を破れなかったと後世の歴史家に書かれたいですか？」

「・・・・・・・・・・・」と谷岡総理は重苦しい沈黙で答えた。

日本での患者はまだ三十人程度ですべてが政府の管理下にあった。その内、すでに十人程度は死亡していた。死亡の様子を各国政府から送られている写真や映像の資料等で政府は確認していたが、実際に病院で見るとその現実の残酷さに圧倒される。

患者の最後は病院に寝かされたまま、皮膚のすべてが溶けて、生肉が剥き出しになり、動けはしないが、脳ははっきりしており、意識があるという状態である。もちろん、内臓からも出血している。日本は安楽死が認められてはいないので、この状態で生かされ続ける事になる。まさに地獄だ。

「殺してくれ・・・・、殺してくれ・・・・」と終末期の患者の小さな断末魔が聞こえる。

「助かります。がんばりましょう。私が保証します」と五十代くらいの感染症の権威と言われている大学病院の医者が力強く言った。

「私は騙されないぞ！　私には死ぬ権利があるんだ。それを犯す権利は誰にも無い」

「大丈夫ですよ。大丈夫。アメリカから新薬もきています」

「痛い。痛いよう。肌がなくて血が吹き出て、焼けるように痛い。殺してくれ！」

しかし、法律で安楽死が禁止されている日本では医師にはどうしようもない。何もする事はできない。治療する事しかできないのだ。それに日本政府からはできるだけ生かすように命令を受けている。特に自殺だけは絶対にさせてはいけないとされている。それも中村厚生労働大臣の直接の命令だ。国立病院としては逆らう事はできない。政府の方針としては個人の権利よりも病気の研究が優先された。他の国民が有効な治療を受ける為に終末期の患者はモルモット（実験動物）にされた。ありとあらゆる薬が実験された。もちろん人間への臨床試験なんて受けている薬はごく僅かだ。動物ですら実験されていない薬も沢山ある。ほとんどは何の裏付けもされていない。

皮膚の再生実験も幾つか試された。しかし、短期の間だけは皮膚を維持できるが、長期的にはどうしても皮膚の細胞分裂を患者自身の力でする事はできなかった。また血が僅かに残った皮膚の間から噴出すのである。

このような終末期の患者だけがモルモットの対象ではない。まだ皮膚が剥がれておらず、咳と熱だけがある患者も初期の患者としてあらゆる薬の実験対象となった。初期、中期、終末期のすべての段階において一刻も早く適切な治療法を見つけ出そうという政府の努力である。その為に日本中から感染症を専門とする医者が一箇所に集められ、そこですべての感染者がモルモットにされた。

個人の自由なんてそこにはない。あるのは全てが憲法上の公共の福祉における人権の制約原理であり、それで説明できない場合は曽我内閣官房長官が述べた超法規的処置で説明された。

しかし、これだけ個人の人権を蹂躙してもどうしても適切な治療法を見つける事はできなかった。それは研究時間がまだ全然足りていないという事もあったが、ユダウイルスの遺伝子の変容があまりにも早いので治療薬を開発するのが困難だったからである。

7

更に暫くの時間が経った。日本はいまだに平和だ。すべてが病院という管理された世界にだけ地獄があった。後は安全だ。ただ、海外は殆どすべての国が地獄と化しているので、肉、大豆、魚等の食料品や石油やレアメタルや鉄等の資源を輸入する事は殆どできなかった。

ただ、以前のオイルショックの経験からか日本は約二百日分の石油備蓄を持っており、このような世界状況では国内消費も冷え込んでいる事から必要な資源はリサイクルや少しばかりの備蓄で工業製品は何とか国内需要量を供給する事はできた。

食料品においても影響がなかったわけではないが、日本は贅沢をしなければカロリーベースでは食料の自給が可能であり、国民が飢えるわけではなかった。しかし、肉や魚や大豆等のたんぱく質が著しく不足した生活をしざるをえなかった。その点で特に影響を受けたのは外食産業である。外食産業はたんぱく質をメインにしたメニューから構成されており、その魅力は半減し、客足も遠のいた。だが、そこはアイデア豊富な日本人らしく、野菜を中心にどれだけ美味しく調理できるかが工夫され、それなりに繁盛した。

「最近、アメリカからの連絡はこないが、アメリカの状況はどうだ？」と谷岡総理は興味ありげに話した。

「向こうは地獄が更に進んでいますよ。すでに一部の特殊なコーカソイドとネグロイドだけは生きているんですが、殆どは死亡。感染したモンゴロイドが暴れまわっています。まさに世紀末ですよ。聞いたところによると現職のフィリップ大統領も感染して死んだらしいですよ」と曽我内閣官房長官は淡々と述べた。

「こちらに何か言ってこないか？」

「食料と水、武器が欲しいとよく言ってきます。あのような荒れ方では仕方ないですねえ。感染から生き残った特殊な人達といっても十パーセント程度はいるんですが、食料と水の確保に悩んでいるらしいです。おまけに感染したモンゴロイドが武装して襲ってくるので、その為にも武器がほしいとの事です。後、希望が生まれました。この生き残った十パーセントの人はもう二度とユダウイルスには感染しないという結果が報告されました」

「体の中に抗体ができたのだな？」

「その通りです。この抗体の継続期間はよくわかりませんが、それなりに有効なようです。アメリカの状況ですが、感染者の再感染はまだ報告されていません」

「その抗体については研究の余地ありだな。わが国でも研究できそうか?」

「そこは大丈夫です、日本での感染者の内、二人は助かりました。しかし、その内一人はライ病のように皮膚がやられていますが」

「とにかく、希望の光である事は間違いない。生き残った二人には日本の公共の福祉による人権制限と超法規的処置の為にな。これ以上は言えんがわかるだろ?」

「わかります」と中村厚生労働大臣は暗い顔をしてうなずいた。

「ところで、在外日本人はどうした? 感染の問題から帰国させなかっただろう。一部の大使館員等高位の政府職員だけは帰国を許したはず。少数だから検疫も完璧にできるからな」と谷岡総理はゆっくりと述べた。

「もはや、この段階になっては在外日本人の安否は完全に不明です。もう把握する事は不可能です」と曽我内閣官房長官は述べた。

「彼らには悪い事をしたなあ。これは正しかった事か間違った事か私にはわからない」

「結果は正しかったでしょう。このような強力なウイルスとは誰も知らなかった。もし、日本人という事で帰国を許せば、大変な事が起こっていたでしょう。在外邦人数は現在、概ね百五十万人です。このような人数を短期間に完璧には検疫はできないです。絶対にボロが少しはでます。もし、帰国を許せばアメリカのような地獄になっていたでしょう」

「私は日本人の命を守ったのかな？」

「あなたは在外邦人、百五十万人の命を見捨てる事で、日本人一億人の命を助けたんですよ。そのような暗い顔はしないでください」

「私は英雄かな？　大悪党かな？」

「もちろん、英雄です。もし、罪悪感がなければ大英雄ですよ」

「それはどういう意味だ？」と谷岡総理は不思議そうにいった。

「英雄は人の命を大切に思う。大英雄は人の命を大切には思わない。それよりもヘーゲルのいう世界精神というものですかなあ。つまり、大切にするのは人の命よりも正義です。自分の命も正義の為には価値がないと考えるものです」

「あんたは不思議な人だなあ」

「あなたの内閣に入って内閣官房長官を務めている時点で変わり者ですよ」と曽我内閣官房長官は嬉しそうに話した。

確かに日本のような成功した対策をおこなえた国は殆どなかった。マスコミもその事は理解しているようで、在外邦人の命、百五十万を見捨てたという報道すらされない。まったく無視である。それよりもこのような大成功を収めた谷岡総理の褒め言葉だけが報道されていた。

「現代の徳川家康」

「日本人、一億の命を救った名宰相」

「あなたは私達、全日本人の宝です」

このような歯がゆい言葉が大マスコミを中心に叫ばれてはいるが、ネットでは在外邦人百五十万人の命を見捨てた殺人者、永田町の吸血鬼、感染者をモルモットにしている鬼畜という書き込みもよく見られたが、テレビや新聞等の大マスコミの影響力に勝てるわけではなく、便所の落書きのような存在感しかなかった。

日本の感染者は三十人程度でその内の殆どが死亡。死亡者の遺体は家族との面会も許される事なく、特殊防護服に身をつつんだ自衛官によって、特別なビニール袋と棺桶に入れられて、二十四時間以内に火葬された。その後は、火葬場や遺体を運んだ車等も含めて徹底的に消毒された。そして、生き残った者は二人。一人は殆ど完全な健康体をとりもどしているが、もう一人の皮膚は崩壊し、片足も失っている。

だが、完全な成功だ。その成功の恩恵を受ける形でほぼ無傷で日本にいる在日アメリカ軍も存在している。もちろん、ユダウイルス対策に失敗したアメリカ本国に戻る事はしなかった。現在ではアメリカ政府から委託を受けた日本が在日米軍の食料、武器の整備、給油、隊員の給料まですべての費用を捻出している。このようなアメリカ本国の弱り方を見て、在日米軍の中では日本の自衛隊と統合し、本国の指揮権から離脱したいという動きまででている有様だ。

このような世界の中で、とりわけ日本が注視していたのは核兵器の管理だ。ユダウイルスが原因でヤケクソになった将官が他国に核兵器を打ち込もうとした例もあったが、成功はしなかった。それはこのウイルスの怖さがわかるにつれ、各国政府は最新の注意を払って、核兵器の管理者を選択したからだ。

その選択方法は本人が感染していないだけでなく、家族の内、必ず一人は非感染者である事が必須とされ、それに非感染者で構成された無人島に収容された。この無人島は非感染者だけで組織された軍隊によって警備され、原則、自給自足の生活ができるようにされており、外界からは完全に孤立していた事から完全な安全地帯となった。

このような守るべき非感染者の家族ができた事で感染リスクのある職場で勤務している核管理者は家族を守る為にも必死に自分の義務を果たそうとしており、ヤケクソになる者は殆どいなかった。

そのヤケクソになった中国からの一発の原子爆弾が日本に発射された事もあった

が、中国のような軍事技術が低いレベルに留まるミサイルでは日米のミサイル迎撃システムには勝てるわけではなく、上空で爆発する大きな花火でしかなかった。

「ドーーーーン！！！！！」

「なんだあれは！　はるか上空に大きなキノコ雲が発生しているぞ。先ほどの爆発音もすごかった」

「核兵器か！」

「わからない。なんだろう？　火山が爆発して、上空に煙が溜まっているだけかもしれない」

もちろん、迎撃された原子爆弾は日本政府によって、マスコミには巧妙に隠され、情報が公開される事はなかった。こんなものが公開されては日本中が大パニックになってしまう。スーパーから食料品が神隠しのように消えていくだろう。

「やれやれ、危なかった。まさか中国から核兵器が飛んでくるとは。危機一髪だった」と谷岡総理はヤレヤレ感を込めて述べた。

「今回の中国政府の対応は良心的でした。発射後、数秒で日本大使館に連絡がきました。良かったです」と曽我内閣官房長官は述べた。

「中国人は人の不幸を喜ぶ民族ではなかったのかな？　わからない」

「すでに道徳観の低い中国人は海外に逃げているか、市中で掠奪や強姦を繰り返していますよ。こんな秩序が崩壊した中で政府の仕事を頑張ってしているのは良心的な人間の証拠ですよ。自分がウイルスでいつ死ぬかもわからないのに」

「でも核兵器をうったのは同じ中国人のはずだが？」

「少しくらい世の中には不良品が混じる事はあります。完璧は無理です」

「また、このような事が起こるかな？　世界では？」

「大丈夫でしょう。この事件の事はすべて世界の国へ通知しています。すぐに核兵器を封じ込める対策が強化されるでしょう」

「アメリカ様のおかげだな」

「すでに在日米軍はわが国の指揮下にありますよ。アメリカじゃなく我が国の力です。すでにこのような状況ではアメリカも海外の自国軍を保持できる経済力はないです」

「公式にも在日米軍は自衛隊の一部になったというのか？」

「違います。あくまで一時的に我が国が在日米軍を借りているという形にはなっていますが、アメリカのあのような状況ではもはや自衛隊に吸収されるしかないでしょう」

「それも良しだな。自衛隊の一部に在日米軍が組み込まれれば、日本国は世界有数の軍事大国だ」と谷岡総理は嬉しそうに言った。

谷岡総理は満足だった。運の力が強いのもあるが、自分の力でここまで日本を守っているのである。マスコミから稀代の英雄扱いされる歯がゆい言葉も悪くは無い。ただし、後で手のひらを返されるような不気味さは感じられる。しかし、気持ちいい事は確かだ。

誰もいない総理執務室で自己満足の絵を書くときもあった。

「未来の日本ではこうなるかもしれないなあ」と一人で呟きながら、総理執務室の頑丈な机の上にある紙に絵を書いていた。誰にも言えない谷岡総理の自己満足の時間だ。

彼は紙の上に定規で長方形を描いて、その中に日本を象徴する富士山や日の丸の絵を書いていた。何をしたいんだろうか？　普通の人ではさっぱりわからない。

次に彼はその長方形の中に壱万円と書き込んだ。

「未来の歴史家は私をこう評価するんだろうなあ♪」と鼻声が聞こえてくる。

次にその長方形をハサミで切り落とした。

「私は善人で英雄だ♪」と歌いながら、その長方形の中に自分の姿を書いていた。

なんと、谷岡総理がしていた事は自分の姿が未来の日本の壱万円札に書き込まれる想像だった。

このようにして、日本の平和はもうすぐ終わろうとしていた。

8

あの谷岡総理の壱万円書き書きゴッコから数日後、日本の平和に最大の危機が訪れようとしていた。その原因は食料と清潔な水を確保できなくなった近隣諸国、つまり中国や北朝鮮や韓国からの難民だった。彼らは日本がユダウイルスの影響を殆ど受けていないという事をどこからか入手しており、その情報を頼って日本に逃げ込もうとしてきたのだ。

「どこの船ですか、止まりなさい！　止まりなさい！」と海上保安庁の船が大きなスピーカーで中国語と朝鮮語、さらに英語によって警告した。

「私達は日本の漁民です」とカタコトのなまった日本語が話されるが、明らかにボロすぎて怪しい木造船は海上保安庁の船から猛ダッシュで逃げようとする。

「止まりなさい、止まりなさい！」と更に警告音がなる。

しかし、そのオンボロの木造船は止まる事はない。何とか逃げようとする。しかし、装備が充実した海上保安庁の船から逃げられるわけはない。すぐに拿捕され、ユダウイルスによって皮膚が溶けたゾンビのような韓国人は特殊防護服を着た職員によってすぐに本国の砂浜にゴミのように捨てられる事になった。

このような事が最初は一日に二、三件繰り返されるだけだったので、海上保安庁は十分に対応する事ができた。しかし、ユダウイルスの中国や南北朝鮮への悪影響が深刻化すれば、するほど、その船はますます増えてきた。

「このままではいつか海上保安庁の対応できる能力を超えてしまいます」と三好国土交通大臣は悲鳴をあげた。

「しかし、すぐに隊員や船等の装備を供給できるわけではない」と冷静に谷岡総理は答えた。

「それでは困ります。すぐにユダウイルスの感染者が日本に入国してしまいます」

「どうしようか？　これは困った」と真剣に悩みながら、谷岡総理は述べた。

現状、日本は実質的に外国と鎖国（江戸時代に海外と往来を禁止した政策の呼称）状態だ。手紙やはがきの往来ですら禁止されている。海外の情報は電話や電子メール等、ウイルスの感染を完全に防げる物でしか許されていない。

「海上自衛隊や在日米軍の船、装備、人員を転用されてはどうですか？」と曽我官房長官は述べた。

「しかし、これらの船は警備用ではなく、戦闘用なのでは？　非常に使い勝手が悪い」と三谷防衛大臣が心配そうに述べた。

「確かに使い勝手が悪いが、背に腹はかえられない」と三好国土交通大臣は応じる。

「この増加率ならば、どのくらい耐える事ができる？」と谷岡総理は不安そうに言った。

「後、二週間はなんとかしのげそうです」と心配そうに三好国土交通大臣は答える。

「そうか、わかった」

谷岡総理は考えていた。転用はしたいが、元が戦闘用の船、人員である。無理に転用すれば、無差別な発砲事件が起こりかねないと考えたからだ。二週間で船や装備の改修は不可能であるが、人員の訓練はある程度可能である。

「いつも難題ばっかりだ」と愚痴を谷岡総理はこぼした。

「それが総理の仕事のやりがいですよね」と妻が慰める
「人の命に関わる仕事ばかりで、責任が重い。胃が痛くなる」

「私はそういう仕事をするあなたが好きで結婚したんだから」

「私もそういう仕事が好きだから、政治家になったんよ」

「じゃあ愚痴をこぼさないで」

「好きでも、愚痴くらいこぼれるよ」

「じゃあ、辞めたら?」と妻は笑いながら話した。

「辞められるわけがない、こんな緊急事態には特に」

「本当は辞めたくないんでしょ」

「辞めたいような、辞めたくないような」

「もう、優柔不断なんだから」

「なんで、私が日本人の命だけでなく、外国人の命にまで考慮した対策を立てなければならないんだ」

「現代世界は自国民だけではなく、外国人を含めたすべての命を大切にする時代です」

「そりゃそうだけど」

このようなやり取りが総理の家の中で続いたが、総理は悩んでいた。在外邦人百五十万人の命を見捨てた事やユダウイルスの患者を全国民の治療法開発の為とはいえモルモットとして利用した事を頭の中で忘れる事はできなかった。

「それでも曽我は私の事を英雄と言ってくれる。少数の命を犠牲にし、多数の命を救ってきたのだから」と谷岡はウイスキーを片手に持ちながら、酔いつぶれて呟いた。

あれから二週間が経過した。海上自衛隊と在日米軍は海上保安庁が用意したマニュアルによって訓練され、海外から木造のオンボロ船でくるウイルス難民を殺害せずにできるだけ穏便に帰国する方法を身につけさせられていた。特に相手から銃撃してくる時でも、正当防衛による反撃は最後の手段であり、機関砲での反撃に限定され、ミサイルを使用する事等は厳禁とされた。

それでも中国と南北朝鮮の難民は諦める事はなかった。もう、この頃になると彼らの中には僅かにウイルスは体に残っているが、その感染の症状から勝ち残った猛者ばかりであり、皮膚がとけながらも健康体を維持していた。

このような元患者であっても、あのような環境では衣類や船等にもウイルスが付着している可能性が高い事から日本国内に到達させるわけにはいかなかった。なんとかして追い返さなければならない。

「止まりなさい！　止まりなさい！」と在日米軍と海上自衛隊の船が警告する。

「やれるもんなら、やって見ろ！」と謎の中国語をしゃべる十五歳くらいの少年がズボンとパンツを抜いで、生尻を見せて挑発する。

「野郎！　ぶち殺してやろうか！」と英語で在日米軍の気の荒い将校が叫んだ。しかし、殺害してはいけないという命令が日本政府から出ている。

「逃げるぞ！」と皮膚がとけて耳が無くなった中国人の船長が叫けび、多数の木造オンボロ船は蜘蛛の子を散らすように逃げて行く。

しかし、結果は木造オンボロ船と日米の潤沢な予算を使用されて作られたテクノロジーの塊のような船だ。逃げ切れる事は絶対にできなかった。最後は特殊防護服をきた自衛官や米軍に捕まえられて、鉄の檻に入れられ、数時間の航行の後、本国の浜に同じくゴミのように捨てられた。

ところが、このように捨てられた感染難民は諦めなかった。というよりは諦める事ができなかった。本国でもなんとか食料は手にいれる事ができた。それはなぜかというと感染者の遺体がそこらに転がっており、それを焼いて食べる事もできたからだ。水も井戸や川からではあるがなんとか手に入れる事はできた。だが、この地獄のような暮らしを難民は絶対にしたくはなかった。いくら、本国に戻しても、また日本に来ようとする。

「駄目だ、この状況からだと戻した感染難民はまた日本に戻ろうとする」と谷岡総理は溜息をつきながら話した。

「乗ってきた船も爆破し、日本には来られなくなるようにとりはからっているのですが」と曽我内閣官房長官はそれに応じた。

「いや、乗ってきた船を爆破しても無駄だ。筏にモーターエンジンをくっつけて日本に来ようとした例もある。途中で沈没して死んだようだが」

「もう、いたちごっこが続いていますねえ」

「それを止めさせる事はできないか？」

「何か特別な罰でも与えない限り不可能でしょう」

「どのようにして罰を与える？」

「捕えた感染難民を刑務所に入れるとかはどうですか？」

「それは無理だ。本国よりも日本の刑務所の方がはるかに人間らしい生活ができるので、ますます難民がきてしまいかねない」

日本政府の必死の努力が続いたが、このようないたちごっこが続いている上に、日本に行って人間らしい生活をしたいという感染難民はますます増加するばかりだった。このような莫大な難民を日本人への感染リスクなしに日本にすべて引き受ける事は行った。

「またやるしかないですね？」と悪魔のような笑いを放ちながら曽我内閣官房長官は不可能であった。

「何をやるんだ？」と薄々知りながらも、谷岡総理は少し怒りを感じながら応じた。

「どうせ、薄々しっているんでしょう」

「そりゃ、何回も同じ事をしているんだから」

「あなたは英雄ですよ」

「もうその言葉は嬉しくない。聞き飽きた」

「じゃあ、しないんですか？　必殺技？」

「したくなくても、しなければならない。超法規的処置と公共の福祉の為に・・・・・」

「わかっていれば良いですよ。あなたは英雄です」

この頃になると、生き残った一部の中国人百万人と生き残った一部の南北朝鮮人十万人が日本に向かおうと必死に努力していた。日本の偵察衛星からも数万人が一度に日本に向かおうと木造船を作っているのが確認できる。これは明らかに数万人が結託して、数をあわせる事で日本の海上警備を突破しようとする作戦だ。なんとかしなければならない。

その日、中国の五万人を乗せたオンボロ木造船数千隻が日本に渡航する為に上海の港に集結していた。

「あの終結地点を在日米軍の空母を使用して爆撃したらどうですか？　偵察衛星で集結の目的はあきらかです」と三谷防衛大臣は述べた。

「それは効率的だが、あまりにも露骨だろう。ウイルスで中国軍が壊滅しているとはいえ」と谷岡総理は慎重に述べた。

「でも、日本の領海に侵入してきた瞬間に決断するしかない」と曽我内閣官房長官は述べた。

「一応、最後警告はしてね。それでなんとか人殺しの大義名分が立つ」と谷岡総理は強く述べた。

「もちろんです。というか当然です。世界に無意味な殺人をしたように思われては嫌ですからね」と三谷防衛大臣はそれに応じて強く述べた。

これで作戦は決まった。日本政府は最後の手段をとる事になった。爆撃機や艦船に搭載されているミサイル等の人殺しにすべての有効な武器を使用するという方針だ。もちろん、警告後にだ。

偵察衛星で日本は上海に集結している難民を常時、監視していた。しかし、なかなか彼らは動き出そうとしなかった。

「いつになったら、あの難民どもは動くのだ！」と谷岡総理は苛立ちを隠さずに述べた。

「あせらなくても良いですよ。私達の勝ちです。あいつらは日本には一人もはいれません」と曽我内閣官房長官は余裕を持って述べた。

動き出したのは朝の八時頃だった。オンボロ木造船数千隻が日本に向かおうとしてくる。数日間、難民船は領海に入る事もないので何の妨害もうける事なく航行した。オンボロ木造船ながらも、プロの造船技師が近代的な動力モーターを使用して作成しており、それなりに動く事ができた船が多かったからだ。もちろん、筏をオールでこいできた馬鹿もいたが、すぐに波にのまれて死んだ。

数日後、数千隻が日本の領海の一歩手前に集結した。だが、集結するだけでなかなか領海に侵入してこようとはしない。

「あいつらは何を考えているのか?」と谷岡総理は海上自衛隊が用意した映像が映っている官邸で不思議に感じて、首を捻じ曲げていた。

「何かを狙っているようですねえ」と曽我官房長官も同じく首をかしげる。

「どうせロクでもない事だ」と三谷防衛大臣が応じる。

それから、暫くは中国人感染難民と海上自衛隊、在日米軍の部隊の睨み合いが続いていた。難民船は日本の領海に侵入しようともしないし、本国に戻ろうともしない。

「あなた達の国は中国です。戻りなさい。戻るのに必要な燃料と食料は供給します」と日本側の船が警告する。

だが、動く気配はまったくない。感染難民達はオンボロ木造船の上で麻雀やトランプをしたり、飯を作って、食べたりしている。中にはピースサインを日本側の船にしてくる中国人もいたり、海に飛び込んで海水浴をしたり、魚を銛でとろうと海中に深く潜ったりしている人々もいる。まさに優雅なレジャー状態だ。

それは夜になっても殆どかわりはなかった。船の上で焚き火のような小さいキャンプファイヤーをしているように見える。おまけに歌をうたっている。勇敢さを感じる軍隊行進曲だ。満月が照り輝く中で、感染難民達は優雅にも海の上で遊んでいるようにしか見えなかった。ただ、夜の海は怖いので、海の中には飛び込まなくなっただけだ。

「不気味だな。何を考えているんだ」と夜で真っ暗になった映像モニターをみながら谷岡総理は言った。

「油断大敵という言葉こそ、この場面にふさわしい」と三谷防衛大臣が何とか領海侵入を防ぐという意気込みを伝えながら話した。

事態が動いたのは月の光がなくなった新月の夜一時であった。それまで猫を被って、船の上で遊んでいた感染難民達のオンボロ木造船数千隻は一斉に日本の領海に侵入してきたのだ。今まで日本の領海に近づきながらも、絶対に進入しなかったのはこの月の光がなくなる新月を狙っていたからであった。この環境汚染されて、星の輝きも無い暗黒の夜に中国人は自分達の人生を賭けたのであった。

「そろそろ動くぞ！」と三谷防衛大臣が興奮しながら言った。

「俺は殺人者ではないからな！　英雄だからな、日本人の命を救った英雄だからな！」と悲鳴をあげる様に谷岡総理大臣は大声で叫ぶ。

「なるようにしかならんでしょう」と曽我内閣官房長官が冷静に呟く。

暗黒の夜を映し出している官邸にすえられた大型テレビから大きな音声が聞こえる。

「ここは日本の領海です。進入できません」

「ここは日本の領海です。進入できません」

「ここは日本の領海です。進入できません」


海上自衛隊や在日米軍の船に取り付けられたスピーカーから警告音が出てくる。何度も何度も出てくるが、数千隻ある感染難民船はそんな事を気にする素振りはまったく見せない。馬耳東風である。


「今回、捕縛はしません、緊急時の為、軍による本格的な攻撃です。命が惜しければ、領海から立ち去ってください」

「今回、捕縛はしません、緊急時の為、軍による本格的な攻撃です。命が惜しければ、領海から立ち去ってください。死ぬ事になります」

「今回、捕縛はしません、緊急時の為、軍による本格的な攻撃です。命が惜しければ、領海から立ち去ってください。皆殺しですよ」

次第に警告音の言葉の内容が具体的できつくなっているが、それでも地獄のような本国で人肉食を強いられるくらいならば、命をかけてでも何とか日本で生活したいと考える感染難民が多いのか、それとも今まで銃撃は正当防衛でしかした事のない日本政府を侮っているのか、それはわからないが、数千隻のオンボロ木造船は日本の領海に侵入しようとしてくる。

「最後警告です。これ以上の警告はありません」

「最後警告です。これ以上の警告はありません」

「最後警告です。これ以上の警告はありません」

「最後警告です。これ以上の警告はありません」

「最後警告です。これ以上の警告はありません」

日本政府は自分達の道徳を守りたいのでなんとかしたいと絶叫をあげるように最後警告が虚しく、暗黒の夜に鳴り響く。それでも数千隻のオンボロ木造船は日本の領海に侵入してこようとする。

「私は日本の最高責任者である内閣総理大臣、谷岡です。私を殺人者の悪魔にしないでください。お願いします。本当の最後通告です」と谷岡総理がカタコトの中国語で話す嘆きの警告がスピーカーから出てくる。

「私は日本の最高責任者である内閣総理大臣、谷岡です。私を殺人者の悪魔にしないでください。お願いします。本当の最後通告です」

「私は日本の最高責任者である内閣総理大臣、谷岡です。私を殺人者の悪魔にしないでください。お願いします。本当の最後通告です」

しかし、谷岡の正義と道徳の絶叫を聞いた中国人の感染難民は真剣にその最後通告を聞いて、本国に戻ろうとはしなかった。むしろ日本の最高責任者である内閣総理大臣の谷岡の絶叫を嘲り笑う声しか聞こえてこなかった。

「あれでも日本の内閣総理大臣かよ！　女みたいだな」

「アホか！　それで俺達が引き下がると思うか！」

「ぎゃはははははは。何だありゃ！」

中国人の蔑む声と嘲りの笑い声が木霊する中、大きな爆発音のような音が暗闇の中、響きわたった。

「ドカーン」

「ボカーン」

「ドゴーン」

「ドドドドドドドドドドド」

それは海上自衛隊と在日米軍の艦船から発射されたミサイルと機関砲、そして、在日米軍の空母から離陸した爆撃機の爆弾の音だった。

勝負はあっけなくついた。ちょうど三十分だ。無知で無学な感染難民は月の光の無い真夜中に逃げれば、相手もそんなに簡単には手を出す事はできないと思っていたようだが、暗視装置が現代の軍隊の装備には標準的についている。

「助けてくれ！　殺さないでくれ」と言った男の感染難民は次の瞬間に手足と内臓が吹き飛びミンチになった。

「ワーーーン」と女の子供の感染難民が泣いていた瞬間にミサイルが直撃し、一瞬で塵となった。

「本国に戻るから！　戻るから！」と喚いていた中年女性の感染難民は海に飛び込んで逃げようとした瞬間に機関砲が鼻を貫通し、頭が半分なくなり、血まみれになった状態で海に落ちた。

暗闇の中の出来事だったので、総理官邸にある大型テレビの映像モニターでは暗視装置はついているがあまり全容ははっきりとしなかった。殆どが泣き叫ぶ声と爆撃音と銃撃音しかわからなかった。全容が明らかになったのは朝であった。

朝になると海には木の破片が散乱していた。その散乱していた木の破片の隣は血の海となっていた。血の海の中には人間の脳味噌や目玉、手足が散乱している。僅かにしかない五体満足に近い死体に赤ん坊をかばって母親が死んでいたが、人の気持ちは中国人であっても同じなのだろう。

その大量の死体を数千匹のカモメが木の破片にのって啄ばんでいる。とても美味しそうだ。仲間で人間の目玉の取り合いをしている。彼らにとってはめったにないチャンスなのだろう。それだけではない。人間の血の匂いをかいで、数百匹の鮫も集まっている。鮫はカモメよりもはるかに大きいので、人間の手足に丸ごとかぶりつく、僅かに残った五体満足の死体もあっという間に手足や頭がバラバラにされていく。その時だった、先程の赤ん坊をかばって死んだ母親の胸元で鳴き声がした。

「オギャー、オギャー、オギャー」と赤ん坊の叫び声が聞こえてくる。

「あの子を助けろ！　助けてくれ！　赤ん坊一人くらいなら、感染の危険なしに日本に運べるだろ！」と自分の罪悪感をなんとかしようとして大型テレビのモニターを見て、谷岡総理は必死に叫んだ。

その時だった、数匹の鮫がその赤ん坊に襲いかかり、赤ん坊は海中に消えて、血だけが海面に上がってきた。これが、中国人感染難民に対して日本政府が出した最終結論であった。

9

こうして感染難民の命の犠牲によって日本の平和は守られた。このような圧倒的な暴力による感染難民封じ込め作戦によって、中国や南北朝鮮にいた感染難民は日本に渡航する事を諦めた。「日本人なんて大した事ない。昔の日本人は軍国主義で怖かったけど、今の平和ボケした日本人なんてどうだってできる」と思い込んでいた彼らは自分達の認識を改めて変えざるをえなかった。

「日本人って怖い。あいつらはやる時にはやるんだ」

「さすが、スターリンのソ連とノモンハン事件で交戦した国」

「アメリカへの真珠湾攻撃はマグレではなかったのだ！」

このような畏怖は暴力によって勝ち取られる事が多い。日本は平和ボケしていない国、やる時はやる国と世界から見なされるようになった。日本は大いに国威をあげたのである。しかし、一つの問題点があった。あの民間人への極限の殺戮行為は許されるのかというものだ。

結果は一部の世界にいるゴリゴリの人権主義者だけが非難するだけであった。

「人間の命は地球より重い」

「地球がなければ、人間の命は何個失われますか？」

「…………」

このような質問に答える事ができないような奇形左翼が批判するだけであった。世界の殆どは谷岡総理の行為を賞賛している。あの日本の感染難民への虐殺行為は正当防衛であるというような感じだ。まあ、批判する人も褒める人もユダウイルスにより相当数減っていたのではあるが。

そのような決断を下した谷岡総理はその賞賛の言葉にうかれていたが、徐々に精神が壊れかけていた。その壊れかけている証拠として、いつもの妄想ゴッコとしてまた総理執務室に一人でこもって、空想の壱万円札を作り、その肖像に自分の絵を丁寧に書き込んでいるのである。最近はかなり回数が増えて、病的になってきている。そのような形でしか罪悪感を処理できないのが原因であるようだ。

「総理は少し頭がおかしくなってきているようだ」と曽我内閣官房長官は心配そうに述べた。

「こんな事で緊急時の日本の総理が務まるだろうか？」と各大臣が一斉に呟いた。

「まだ、大丈夫でしょう。少し休めば治りますよ」と曽我官房長官が微笑して応じる。

確かに谷岡総理には少しの休憩が必要だった。大量の感染難民の問題も解決し、おまけに日本のユダウイルス発症者は最初の一波を除いて現在、ずっとゼロを維持している。休めるような環境がそこにはあった。

「私は疲れた」と谷岡総理は呟いた。

「あのような大事件にからまれたら誰だって疲れますよ」と妻は答える。

「私は正しい事をしたのだろうか？」

「自分自身を信じたほうが良いですよ」

「私も自分自身のした事が正しかったかどうかはわからない。しかし、今の日本の平和は数万人の中国人の犠牲によって成立している。それだけではない。在外邦人の命を含めて、私の手は血だらけだ」

「あなた何の為に政治家になられたのですか？」

「日本を良くしたいから、それだけではなく世界も良くしたいから」

「家族の命と他人の命どちらが大切ですか？」

「そりゃ家族の命だ。他人の命も助けたいけどな」

「あなたのした事は他人の命を二個奪う事で家族の命十個を助けた事と同じよ」

「そりゃそうだけどな」

それから、暫く、谷岡総理は臨時休暇に入った。国民も谷岡の苦労は知っていたので、臨時休暇に入る事に批判はなかった。二週間の臨時休暇だ。こんなストレスだらけの仕事をしている谷岡総理にとっては久しぶりの天国だった。趣味の読書、妻とゴルフ、若い頃に趣味であったジャズ音楽を聴く事、そして、時折、政治とは何かと自問自答する事に費やされた。

しかし、この間に少しばかりの感染難民が日本に侵入するのに成功した事はこの時、誰も知らなかった。日本政府は完全に安心していたのだ。たとえ、今はユダウイルスの回復者であっても、身体にはもちろん、あのような環境では着ている衣服や持っている小物、履いている靴には大量のウイルスが付着していたのである。ここから日本の破滅が始まった。

１０

この感染難民侵入は日本政府のミスが原因だった。感染難民の大量殺戮が起こった現場はあまりにも壮絶な状態であった為に、日本政府もすべての感染難民が死んでいるという事を確認しなかったのである。そんな事をする必要は無い。そんな事をしなくても全員死んでいるだろうと思い込んでいたのである。それが仇となった。現場のプロである在日米軍の司令官は確かめずに現場海域から撤退しようとする日本政府に対してこう助言していた。

「感染難民が死んでいる事を確実にする為に、浮かんでいる死体の上に最低でも三十分は機関銃による射撃をおこないましょう。でないと確実に仕留めたかどうかわかりません」

しかし、日本政府の反応は違っていた。

「そこまでする事はない。人間としておかしい」

「海の上から花をたむけてやりたい」

このような感じだった。人を殺した経験のない海上自衛隊の隊員の中には涙を流しながら、お経を唱える者まであらわれた。しかし、実践経験豊富な在日米軍の司令官は一歩も引かずに三十分の機関銃による射撃を主張した。

「命令を聞かないとお前を司令官から解任するぞ！」との谷岡総理の直々の言葉が出る事で在日米軍の司令官は引かざるをえなかった。この頃には本国の米国政府はユダウイルスの感染に悩まされ、在日米軍を維持する力がないので、その装備や指揮権を日本に譲渡したからである。

その甘さが日本政府の命取りになった。


大量虐殺の現場から海上自衛隊と在日米軍が撤退して二時間が経過した。

「おい、生きているか？」

「なんとかな」

「俺達二人は幸運だな」

「死んだ方がいいか微妙なところではあるが」

「そんな事を言うなよ！」

「おまえ死んだフリ上手かったぞ」

「そりゃそうだろ、命がかかっているんだから必死だ」

「他にも生きている奴はいるかな」

「探せんだろう。数万人の死体が浮いているんだぞ」

「とにかく、カモメは肉を啄ばむので痛いだけだが、鮫は本当に怖かった」

「そうだな、でもどうやら満腹になったらしくて、もう近くにはいないぞ」

「ここから逃げるなら、今のうちだ、幸いにも浮いた木が大量に転がっている。筏もオールも形にもならない粗末な物だが、手に入れる事ができるかもしれん」

「そうだな、それで向かおう、領海の中だから、距離は二十キロ程度だ。潮の流れもあるが、運が良ければ、日本にたどり着けるかもしれない」

「急ぐぞ、何とか生きのびるんだ」

「まかせとけ！　ユダウイルスの中を生きのびたんだ。ここでくたばってたまるか！」

「そうだ。その調子だ。やるしかない」

「生きるしかない！」

　感染難民は海上自衛隊と在日米軍の攻撃をうけて全滅したのではなかった。なんと生き残っていたのである。ここでは生き残っている二人しかとりあげなかったが、どうやら三十人から五十人くらいは生き残っていたようである。彼らは必死に日本を目指した。ある者は木を筏とも思えない筏にし、ある者は木をビート板にして必死に日本に向かって泳いだ。その生きようとする力は本物だった。

　その内、半数は日本に到着する前に力尽きた。すでに片足を無くしながら泳いでいた感染難民や肩を撃たれながら、大量に出血しても必死に日本を目指そうとした感染難民等の負傷した人間が相当に多かったからである。

だが、すべての感染難民が死んだわけではなかった。彼らは早い者で八時間程度、遅い者でも日本に数日程度でたどり着いたのである。日本政府はこの事をまったく把握していなかった。

そして、彼らのような感染難民を日本人が誰も歓迎するはずはなく、それは感染難民も非常によく理解していた。

「これから日本でどうしよう。生きられるかな?」

「あのミサイルと機関銃の射撃だぜ、歓迎してくれるわけが無い。何としても正体を隠して行動しなければならない」

「とにかく、今の時代は日本には沢山の中国人留学生や企業人がいる。何とでもそこに潜り込めば生き残る事ができるだろう」

「そいつらは強制的に帰国させられたのでは？」

「否、日本政府は日本国内にいる外人も含めて、海外との往来を禁止した。だから、帰国できない中国人は日本に沢山いる」

「やったー、それじゃあ、そこに潜り込めばなんとか生き残れる」

「それはそうだが、人間の姿をしてないと駄目だぜ」

「ん？」

「つまり、五体満足という事だよ。顔の皮膚が溶けていて、鼻がなかったり、目が無かったりしたら感染難民だと顔に書いているようなものだ。すぐに日本政府の暴力装置に捕まってアウトだ」

「俺達は大丈夫かな？」

「俺はユダウイルスにかかっても軽症ですんだから、未だにイケメンだ。お前はどうだ？　俺みたいにイケテルカ？」

「俺は顔も含めて、体全体が火傷にあったようで耳が二つとも無い。無理だ。どうしよう？　困ったな」

「大丈夫だ。俺は在日中国人社会に溶け込んで働く道があるが、お前には裏の道がある」

「何、それ？」

「強盗になれ！　少しは援助してやるぞ。ナイフも買ってやるし、顔を見られないようにマスクも容易してやる。ここまで一緒に生き残った腐れ縁だ（笑）」

「何で俺だけ（泣）」

「生き残れよ！」

「あんたもな！」

このように人間の姿をしている者は在日中国人社会に溶け込むように努力し、人間の姿をしていない者は夜中に動き回る強盗となった。それも中国本土から持ってきた衣服や持ち物には生きたユダウイルスが沢山ついたままだ。人間の姿をした者を感染難民だと発見する事は非常に難しいが、この皮膚の溶けた異形の怪物達が夜に潜った事で感染難民の早期発見はほぼすべて不可能となった。その間にユダウイルスは日本社会に隠れて手を伸ばし続けた。

「君、私をカワイソウトと思わないか？」とカタコトの日本語でゆっくりとカッパのお面を着用した感染難民は話した。

「どういう事ですか？」と十七歳の金髪不良少女は不信感をもって述べた。

「知りたいなら、こっちに来なさい」

「気持ち悪いからイヤです」

「何にもしないからこっちにきなよ」

「イヤです」

「遠慮せずにこっちにきなよ」とゆっくり金髪不良少女に歩いて近づいてくる。

「キャー、助けて」と少女は反対方向に必死に走った。

「ドン」

すぐ後ろにいたもう一人の鬼のお面をつけた大男の感染難民に激しくぶつかったようだ。その勢いで少女は転倒し、頭を舗装されたコンクリートの地面に叩きつけられたショックで動けなくなった。

「君、僕をカワイソウトと思わないか？」と鬼のお面をつけた感染難民が同じく、拙い日本語を話しながら、近づいてくる。

「助けて！　何でもするから」

鬼のお面をつけた感染難民は顔を少女にどんどんと近づけてくる。少女は恐怖で硬直して全く動けない。顔が更に近づいていき、顔と顔の距離が十センチ程度になった。

「俺はイケメンだろ？」と陽気に鬼のお面をつけた感染難民が話しかける。

「うん、イケメンだから助けて」と少女は媚びるように話す。

「本当にイケメンと思うんだな？」

「うん、間違いないから助けて」

鬼のお面をつけた感染難民はゆっくりとそれをとった。皮膚はすべて剥がれ落ちて生肉がケロイド上に塊となって、片目も鼻もなく、唇すらなかった。まさにゾンビのような容姿だ。

「ギャー」と少女が叫ぶ瞬間に鬼の感染難民はナイフを心臓に突き刺した。血が少女の胸から湯水のように流れ出た。その間、少女は暫く痙攣をしていたが、すぐに息絶えた。

「やれやれ、これで今日の獲物はやっと二人目だぜ」と鬼の感染難民は言った。

「馬鹿たれが！　お前が今のような感じで殺しを楽しもうとするからだよ。俺まで無理矢理につきあわせやがって」とカッパの感染難民があきれたように言う。

「せっかくこの顔なんだぜ！　人生を楽しまなくちゃ」

「どういう楽しみ方なんだよ！」

「つまらなき事も面白くとあるだろう」

「もっとビジネスをやろうぜ！　遊びじゃないんだから」

このように夜は彼らの世界であった。昼間の世界は多数の日本人が普通に出勤し、普通に生活をしていた。その中で人間の姿をした容姿がまともな感染難民は日本の中国人社会で隠れながら、コソコソと生活をしていた。それに対して容姿が崩壊したモンスターどもは夜に好き勝手に暴れまわった。もちろん、半グレやヤクザが活動しそうな大都会の繁華街にはいない。いるのは閑静な住宅街の真夜中であった。

１１

日本政府は焦っていた。モンスターのようなユダウイルス感染難民が上品な地域の閑静な住宅街で暴れまわっているという噂はあったが、その真相をつかめなかったからだ。日本政府の認識では感染難民の事件は海上自衛隊と在日米軍が大虐殺を決行した事件で解決している。その後は、感染難民は日本政府の半端ではない覚悟を見て、恐怖を感じて怯えているので日本に侵入してくる気配すらない。

「どうなっているのだ。わからん？　すでにあの事件で感染難民の侵入は解決しているはずだ」と谷岡総理は怒りを込めて言った。

「都市伝説です。人面犬やトイレの花子さんと同レベルですよ」と曽我内閣官房長官は笑いながら述べた。

「都市伝説ならば良いが、真実ならばどうするんだ？」

「気になさらないのが良い。杞憂です。感染難民が日本に侵入している可能性はほぼゼロですよ」

「もし、侵入していたらどうする？」

「それはあなたの責任です。あなたが在日米軍の司令官が提案した確実に感染難民の命を絶つための三十分射撃を中止させたでしょう？　あなたの小物さが日本人の命を危うくしたと再認識しなさい。あなたの小物さがね」

「それはどういう意味だ」

「そういう意味です」

「不快だ」

その会話から一週間程、谷岡総理と曽我内閣官房長官は口を聞かなかった。曽我内閣官房長官の毒舌に谷岡はかなり激怒していたからだ。曽我という男は内閣官房長官に任命されるほどに事務的処理能力はピカイチだったが、なにを隠そうともはっきりと自分の言葉を述べるタイプであった。それに対して谷岡は残酷になれる大決断をできる有能な政治家の側面をもちながらも子供のような小さな善悪にしばられる点もあり、プライドも高かった。

しかし、そんなお互いが口を聞かないような甘ったれた状況はそんなには続かなかった。日本国内でユダウイルスの発生が多数報告されてきたのである。このユダウイルスは軍事用に開発されただけあって、感染力が高いだけではなく、空気中や衣服についているだけでも長期間に渡って生存できるのである。

「東京で十名のユダウイルス患者が発生しました」と中村厚生労働大臣は泣くように言った。

「どういう事だ？」と谷岡総理は鬼のような剣幕で答える

「それだけでありません。大阪で五名、名古屋で三名、北海道と広島、福岡で二名の患者が確認されています」

「我が国のユダウイルス患者はあれから全くでていなかったはずだ。どうなっているんだ？」

「私にもさっぱりわかりません」

「とりあえず、専門家を集めろ、専門家会議を開かなければならない。国中の新型インフルエンザの権威を集めろ！」

谷岡総理の呼びかけで企業や大学も含めて、国中の新型インフルエンザの権威が東京に集められ、会議をおこなう事になった。会議の期間は二週間だ。その間も患者は増加し続け、会議の終わる頃には日本国内で千五百名の患者が発生し、その内、三割は感染経路不明の患者であった。このような状況もあって、専門家会議は一週間に一回は開催され、その道の権威達は東京に留まる事になった。

そして、一日が経過するごとに患者の数がネズミ算式に増加しつづけたが、このユダウイルスには今まですべての政府が対応に失敗するほど、感染力が強く、死亡率も高い事からなかなか対応策がまとまらなかった。どのような対応策も患者数が全国で二百人を超えたら、日本人の九割が死ぬまではこのウイルスの流行は止まらないというのが専門家の主流の意見となった。

「専門家会議の結果、どのようにみても破滅だが、その破滅を延長させる事はできるらしいです」と曽我内閣官房長官は溜息をつきながら話した。

「やっぱり駄目か？」と谷岡総理大臣が述べた
「あなたの責任です。自殺しますか？」

「おまえは冷たい人間だな。私が国民の為に中国人数万人の命を海の藻屑にした殺人鬼になったのだぞ。したくもない事をしたのだ。少しは同情し、応援してくれたらどうだ？」

「同情も応援もしていますよ。自殺しますかという言葉は冗談です」

「じゃあ、前に小物といった言葉はなんなんだよ？」

「あの言葉は取り消しません。あれは真実ですから、あの時、感染難民に最後のとどめを刺しておけばこんな事にはならなかったです。正義の前に立ちはだかる小さな道徳心を捨てられなかったのが日本破滅の原因です」

「もうそんな事はどうでもいい。今後どうするかだ。それが重要だ」

マスコミにはもちろん、事実の隠蔽がはかられた。でもそれが可能なのは患者が少数でその症状が初期に留まる時だけだ。その間、政府は患者を日本全国のあらゆる病院に隔離する事でなんとか隠蔽をはかり続けた。しかし、それもいずれは限界がある。患者が収容しきれなくなる。おまけに終末期の患者も少しずつ増加しつづけた。

そのような時期にちょうどあるテレビ放送が日本にユダウイルスショックというパニック状況を引き起こした。

そこは下町の今では珍しい繁盛した商店街の通路だった。そこでいつもどおりの平和な商店街の店の名物品の撮影がおこなわれる予定であった。

「この店のお寿司はネタが大きくて、回転寿司ではなく、本格的な寿司屋にも負けないくらいですねえ」と女性リポーターが楽しそうに言った。

「もちろんです。私たちの店の寿司のネタは魚屋さんが選んでいます。新鮮ですよ♪　それだけではありません。シャリも十年修行を積んだ寿司職人によって握られています。このスーパーに一つの本格的な寿司屋があるのと同じです」とその店の店長が自信ありげにハキハキと話した。

「それはすごいですねえ」

「それだけじゃなく、とても美味しくて安いんですよ」

「食べてもいいですか？」

「どうぞ、どうぞ」

女性リポーターはすでに用意されていた綺麗な赤い箸を使用して、器用にマグロの寿司を一個つかんで、ゆっくりと口に入れた。

「美味しい、とっても美味しいです」

「それだけではなく安いですよ♪」

「いくらですか？」

「マグロ寿司八個で四百円！」

その時だった。世の中を呪った大声が聞こえてくる。

「俺は死にたくない！　助けてくれーーー」と片目が皮膚で僅かだけぶら下がっている皮膚が全身ケロイドになった四十代くらいの男性感染患者が包丁を持って暴れている。

「キャーーーーーーー」と言った小学生女子の叫び声が聞こえる。

「俺と最後にキスしてくれー」とその哀れな姿となった感染患者が包丁を持ちなが

ら、走って逃げる小学生女子を追いかける。

「キャーーーーーーーー」と大きな声が聞こえた後で生放送は打ち切られ、テレビは突然コマーシャルになった。

この放送は凄まじいインパクトを日本にあたえた。皮膚の溶けたユダウイルスの患者が片目を落としながらも包丁を持って暴れている姿が偶然、テレビ放映されるにいたって、あらゆるニュース番組がこの偶然映し出された生放送を何回も繰り返して放映した。夜の格式ばったニュース番組だけではない。昼間のワイドショーも何回も取り上げた。

このようなマスコミの放映姿勢に民間のパニックは頂点に達した。この放送がおこなわれた翌日にはコンビニを含めて、あらゆるスーパーで食料品やトイレットペーパー等の生活必需品が姿を消しはじめた。

「在庫はまだあります、皆さん、心配しなくてよいです」

「嘘をつけ！　もう品物はないじゃないか！」

「大丈夫です。日本政府による商品確保の保障広告が新聞に出ています」

「そんなものは信じられるか！　そんなものより証拠だ。商品をだせ！」

確かに商品はまだまだあった。メーカーの余剰在庫が残っていたからだ。だが、世界の悲惨な状況を知っていた日本国民の不安感は強かった。いくらメーカーから在庫を補充しても二時間程度ですべて売切れてしまう状態が何日も続いた。それだけではない。メーカーの従業員にも感染が広がりはじめていたので、商品の生産力が弱まってきた事から、少しずつ商品が供給されなくなる日が増加した。おまけにスーパーの店員にもウイルスが広がってきた事から、レジの数も減少し、商品を買うのにも一時間の行列が続くようになった。

「もはや政府の言う事を信じてくれる国民はいないか！」と谷岡総理は嘆くように言った。

「太平洋戦争で日本がアメリカに勝っているという戦局偽装、薬害エイズ事件と政府が国民を騙してきた歴史は沢山ありますから」と曽我内閣官房長官は冷静に言った。

「そんな過去の事を聞いているわけではない」

「そりゃあ、当然でしょう。新聞にあんな商品の正常供給を政府保障する広告を出しといて、このありさまだったら。誰も信じないですよ。国民も馬鹿じゃない」

「どうすれば良いんだ？」

「私が言わなければいけないですか？」

「どういう意味だ？」

「本当は気がついているんでしょう？」

「話したくない」

「決断力がない総理ですなあ。仕方がない。私から話してあげましょう。もう日本国民は助からないです。九割は死にます。生き残った国民の相当数も障害者になるでしょう。日本は終わりです。破滅です。それが専門家の意見です。しかし、一部の日本人はユダウイルスから無害で生き残れる可能性がある」

「それはどこの人達だ？」

「知っているくせに、最後まで私に言わせるつもりですか？　仕方ない。はっきり言いますか、私達のような政府の中枢にいる人間と少しばかりの自衛隊、在日米軍のような暴力装置です」

「私達は生き残る権利はあるか？　生き残る事は正義か？」

「あなたは日本国民の命の為に数万の中国人を殺戮し、ユダウイルスの患者を治療薬の実験モルモットにした大善人ですよ。その為に今まで生き残れた日本人が何人いると思いますか？」

「確かにそうだ。あれだけの中国からの感染難民が日本に到着していたら、すでに今では犠牲者数が数百万単位になっている。それを私は防いで日本人の寿命を延ばした。実験モルモットにしたのも成果はなかったが、自分の為ではない。全日本人の為にした事だ。全日本人の為に少数である人間の人権を犠牲にして、多数の命を助けようとしただけだ。私は大善人だ。それだけではない。最初に武漢で発生したユダウイルスの封じ込めもどこの外国よりも成功した有能な政治家だ。私が生き残る権利は当然ある。誰の命も救わなかった生まれたての赤ん坊よりも生き残る資格がある。そう思わないか？」

「もちろん、そう思います。ではそれらを手伝った私達や自衛隊、在日米軍もそうと思いませんか？」

「もちろんそうだ。私達は大善人で道徳の模範だ」

「ならば、がんばって協力して生き残りましょう！」

「おう、生き残るぞ！」

このようにしてどうみても全日本人の大犠牲を避けられないのなら、谷岡総理大臣と曽我官房長官の全日本国民よりも自分達とそれを支える少しばかりの暴力装置（自衛隊、在日米軍等）の命を助ける方が大正義だという意見の転換は内閣やキャリア官僚にも少しの罪悪感を与えつつも概ね受け入れられ、日本政府の意見となった。多数の日本人の寿命を延ばした彼らは彼らによれば、道徳的模範の大善人であり、誰よりも生き残る権利があるというものだった。

12

日本政府は方針を転換した事を国民に綿密に隠して行動した。日本国民に自分達だけが助かるように動いているのがバレたら殺されかねないからだ。だから、方針転換を知っているのは閣僚、少数の国会議員、事務次官レベルの人間達、かれらに仕える感染症の専門医、内科、外科等の医師と自衛隊、在日米軍の司令官だけだ。

まずは命が助かる大善人の数だ。方針転換を知っている者達は助かるが、その他の兵士の数はあまりにも多すぎる為にすべてを助ける事ができない。どのぐらいの兵力をつれて、無人島に逃げるかがまずは検討された。

「戦闘員千人程度(その家族や医師等の専門家を含めると合計で約三千五百人程度)」というのがユダウイルスの感染症専門医と在日米軍、自衛隊の司令官の共通の意見となった。これ以上の兵力をつれていく事は連れて行ける医師の数や食料、水、無人島の大きさ等も考慮して、ウイルスの感染管理をするには非常に難しいという結論になった。又、この数ならウイルスが絶対に感染しない特殊防護服（一着百万円で生産にも半年必要、しかも、着ても重い）も職員が使用していた物をぶんどれば用意できる。

その間にも日本は更に悲惨な状態になっていた。あの中国人感染難民が日本に到着して以来、一ヶ月半が経過しているが、すでに感染者数は五百万人になっており、死者数も数十万人に達していた。

尚、悪い事にその感染者数の増加が原因で医療崩壊が起こったのである。明らかに助かりそうも無い患者、つまり免疫力の弱い年寄りや子供達が見捨てられはじめた。最初は病院から外にゴミのように捨てられるだけだが、命乞いをしながら病院に戻ってくるので最後は穴の中に入れられ、ガソリンをかけられて火をつけられた。もちろん、命令したのは大善人を自称する日本政府である。すでに全日本人を見捨てたのだが、それを隠す為にまだ真面目に仕事をしているフリをする必要があったからだ。

「エーン、エーン、エーン」と子供が穴の中で大声を出して泣いている。

「シクシクシクシクシク」と老女が感情を抑えて泣いている。

「・・・・・・・・」と年寄りの男が感情を押し殺し我慢している。

かれらの穴の中にガソリンが「ドバドバドバ」とトラックからホースで注がれる。

穴の中の人々は命乞いをするのかと思っていたのだが、驚くべき事に非常に大人しかった。聞こえるのは泣き声だけで、それ以外は空にあるどんよりした雨雲を見るように上を見上げているだけだった。その間にも「ドバドバドバ」とガソリンが注がれていく。

この作業をしているのは政府が職員からぶんどった特殊防護服ではなく、感染率を下げる事しかできない雨ガッパを着ている下級の警察官、自衛隊が担当していた。彼らは日本政府の中枢が逃げようとしている事を知らずに職務を担当していた。この雨ガッパは彼らだけではなく、今、必死にユダウイルスと戦っている医療関係者の必須装備ともなっていた。

「お前らもその雨ガッパじゃ俺らの仲間入りもそんなに早くないな！」と穴の下にいる皮膚がとけ、体中から内出血をしている老人が冷やかした。

「黙れ、もうすぐ死ぬ人間が文句をたれるな！」と下級の自衛官がやりかえす。

「まあ、天国で待っているわ！　あ、お前らは地獄にいくから永遠に会う事はできないな！」

どうやら、準備ができたようだ。ガソリンを注ぎ込んだ穴から人が出てこないように機関銃をかまえて監視しながら、数台のトラックがエンジン音をたて、後方にゆっくり下がっていく。ガソリンは爆発力が強いので、近くからは火をつけずに迫撃砲で火をつける計画のようだ。すでにトラックは数十メートル後ろに下がっている。

「撃て！」と隊長が命令すると同時に「ドーン」という大きな音数発が辺りの空気を揺るがせた。

その爆音の瞬間、ガソリンが注ぎ込まれた穴で「ドカーン」と大きな爆発音が起こり、その中は火の海となった。

「ギャアアアアアアアアアアアアアアアアア」

「熱い、熱い、熱い、熱い」

「ウオオオオオオオオオオオオオオ」

　このような泣き声、叫び声をあげながら、人々は穴の中を激しく動いた。中には走りまわる人間もいた。この灼熱の地獄をごまかすには大きな声と激しい運動しかない。それらは一分程続いた。一分間の地獄だった。その後は、誰も声をあげる事すらできない寂しい静寂が戻ってきた。中は焼けただれた死体ばかりだ。

「ズズズズズズ」と土を持ったブルドーザーが穴に近づいてくる。

「ドスン」という土を穴に落とす音が静寂の中に聞こえる。

　これで、助かりそうもない感染者の処理は終わりだ。悲しいかもしれないが、それが今の日本の現実であった。生きられそうもない感染者の生きたいという心からの渇望にはこのような暴力でしか対抗する方法はなかった。

　このような状況の間にも大善人を自称する日本政府は動いていた。逃げる無人島の選定、助かるのに必要な食料や水の確保、それらを運ぶ船の確保、感染防止の為のプロセス計画の策定、無人島に感染難民が侵入してきた時に必要な武器の確保と大忙しだった。やっている事は中国共産党の上級幹部とほぼ変わらない。それらは自分達が助かるには一番良い方法であるからだ。規模と合理性は個人ではなく、政府が関与しているので、それとは比べ物にならない程効率的ではあるという大きな違いはあるのだが。

具体的には無人島は日本本土から遠すぎず、近すぎずという場所が選ばれた。万が一の為に本土から必要な追加物資を運ぶ為に必要な効率的距離が選定されると同時に感染難民が簡素な木造船では無人島に到着する事ができない距離も計算されて選定された。

必要な食料と水は主に非常用として日本政府が備蓄していた物が転用された。食料は缶詰が主で、二十年の賞味期限を持つ特殊な保存性の高い物が選ばれ、必要な栄養も十分に取れるように選ばれた。水も同様だ（谷岡達は二十年間あれば十分にワクチンを入手可能と考察し、それまで無人島に隠れる計画だ）。

栄養や保存期間だけではない。量も二十年は無人島で生きる事ができるように大量に持ち込まれる事になった。更にそれだけではない。内閣にいる大臣達や自衛隊、在日米軍の司令官等の上級幹部とその家族が人生を楽しめるように、最高級品の牛肉や豚肉、マグロや鯛、アワビ等を長期間楽しむ為に最新、最高の冷凍技術を持つ小さな冷凍船が日本中で探され、やっと確保できるめどがついた。その最高級食材を扱う為に数人の料理人とその家族も追加で政府御用達の無人島に避難できるようになった。

それらを運ぶ船は在日米軍があてられる事になった。特に在日米軍の空母は格納庫に入っている戦闘機や爆撃機を海に捨てれば、膨大な食料や水を運べるコンテナとなるからだ。その空母一隻だけで、相当の物資を運搬する事ができた。どうせ、飛行機のパイロットは殆どいらないので十人程度（一応の戦闘力確保の為に一定数のパイロットは必要になった。万が一にも感染難民の船が近づいてきた時にも攻撃ができるし、他国や捨ててきた本土への偵察にも役に立つからだ）をのぞけば、もう必要はないので無人島にはつれていってもらえない。その飛行機を整備する整備士達の殆どもだ。

それら以外の人々もできるだけ数は減らされた。空母としての機能よりも、動く大型輸送船としての機能が強く重視されたので、空母が効率的に輸送船として動く必要人数が計算されて、無人島に連れていかれる事になった。それでも必要物資が運搬できない時は海上自衛隊のヘリ空母が同じような形で転用された。

感染防止の為のプロセス計画の策定は日本の大学の中でも最高の権威をほこるユダウイルスの感染症専門医達によって徹底的に議論され、策定された。船に乗る予定である約三千五百人程度の人員すべてに対して、乗船日の二週間前にはウイルスの簡易検査がされる事になっており、内閣の人間であってもそれを逃れる事はできなかった。もちろん、その時に感染が発覚した者は船に乗せられる事はない。

乗船前に徹底的に消毒され、上陸したその後、数週間にわたって政府が職員からぶんどった特殊防護服での少人数の生活が強制される事になった。その少人数での隔離生活が効率的におこなわれるように使い捨ての食器や箸や簡易便所等も空母に詰め込まれる予定になっている。

そして、万が一にも感染者やその死亡者がでた場合にも生き残れる方法を専門医達は考えなければならなかった。その対応は感染者が出た場合は無人島に沢山ある小島に隔離施設を建設するという事で対策が立てられようとしていた。原則、医者は少数しかいないのでその隔離施設には派遣される事はない。特殊防護服を着用した自衛官が銃を持って脱走しないように見張るだけだ。食料と水は供給されるシステムだ。

しかし、ここにも内閣にいる大臣達や自衛隊、在日米軍の司令官等の上級幹部とその家族だけが、医者と看護師つきで宿泊できる上級幹部用の医療施設が小島に建設されようとしていた。もちろん、専用のコックまでもがつきそう事になる。

谷岡総理は私心ではなく、日本人を守る為に数万人の中国人感染難民の虐殺をおこない、初期に発生したユダウイルス感染患者を実験用モルモットにして治療法を開発しようと考え、すべての道徳を捨て、日本人の為に貢献し、夜も徹夜の日も多く、休日も殆ど無く働いてきた。それはすべての日本人を守るのが目的だ。しかし、ここで食料や水、医療施設まで自分達上級用幹部専用の物を作ってしまうとは所詮、私心を深く持つ一般人と変わる事はないという事が証明されてしまったものだ。

「公共心に私心を捨てて捧げるという人がいるが、本当に真実を言っている人がその内の何人いるだろうか？　本当は名誉や富や権力が欲しい為に私心を捨てて公共心に捧げると言っている人が真実ではないだろうか？　それならば真実は私心を満たす為に公共心に捧げるというのが本音だ。だが、そのような本音を政治家が言う事はまずない。美辞麗句の中に巧妙に隠されている。おまけに自分達の事をやましい気持ちを少し感じながらも大善人と自称するのが谷岡総理達だ」

　そして、最後に無人島に侵入してきた感染難民に対処する為に機関銃が大量に蓄えられた。感染難民のような弱い相手にはミサイル等は必要ないと考えられたからであった。それよりも万が一の侵入を許さない為にも無人島の高くて、見晴らしの良い場所に見張り用の高い建築物が無人島の周辺に複数作られる予定だ。複数人の交代制による二十四時間に及ぶ監視体制である。夜間も現代には暗視装置付の携帯望遠鏡があるので問題はない。その監視塔の周辺には三十メートル間隔で兵士が機関銃で武装して警備しているという完璧な体制だ。蟻一匹も侵入させる事はない。

ちなみに住居や医療施設や見張り用塔等の建設は自衛隊の工兵が担当する事になる。戦争時には川を渡るために橋を作ったり、戦略拠点に野戦築城をおこなったりする土木建築のプロだ。ここにも谷岡達上級幹部の為に有名な住居専門の建築家等が余分に連れてこられる事になる。もちろん、建築資材は空母やヘリ空母を転用した船で運ばれる。これで計画は筋書きどおりにできあがった。

政府としてはこの計画を国民に通知する事はとてもできる事ではなかった。政府は国会議事堂の下にある専用の地下防空壕で日本の指揮をとっていると国民にマスコミをつうじて嘘を宣伝する事を忘れなかった。どうせ日本人は破滅だ。なんなら、指揮監督は安全な無人島で無線をとおして行なうのが合理的だ。絶対に指揮監督は放棄する事はない。谷岡総理達は死ぬ最後まで権力を掌握するつもりだ。しかし、残りの日本人と一緒に自殺する事はない。

13

時間が二ヶ月経過した。無人島への逃亡の準備は着々と確実に進められていた。日本の状態はすでに感染者数は九千万人、死亡者数も三千万人は超えている。急がなければならない。急がなければ逃亡に準備する為の物資がいくら日本政府といえども手に入れにくくなる。特に谷岡総理達が必要とする最高級の食料品等の確保が非常に難しくなる。

現在の日本の状況はもはや完全なゾンビの国となっている。マスコミもすでに殆ど機能停止状態で国営放送や大手マスコミの一部だけがニュースをテレビで告げているだけで、娯楽を含めたニュース以外のテレビ番組は放送されていないし、新聞もすべて発行されていない。インターネットも使用できない状態だ。

特に街中は殺伐とした空気に満ちている。死体が街中に転がり、その死体にはユダウイルスには感染する可能性が殆どない動物種、つまり、犬猫が食料にしようと思って群がっている。このパニックの中で犬猫は逞しく生きていた。

例外として、家の中に閉じ込められて飼われている猫は共食いしたり（白骨化し、毛と僅かな肉しか残っていない猫のまわりを数匹いる他の猫がその肉をめぐって必死に食べている）、餓死をしたりしていた。鎖に繋がれた犬も同様だ。飼い主がウイルスで死亡しており、この犬猫達が餌や水を確保する手段がなかったからだ。

しかし、通常はそのような状態ではなかった。多くの優しい飼い主が死ぬ前に家の鍵を開けたりして助けた犬猫や元から外で飼われている猫が沢山いたからだ。こういった彼らが最初に口にした食べ物の殆どは助けてくれた飼い主とその家族の死体の肉だ。今まで自分達の事を家族の一員みたいに可愛がってくれた飼い主達を畜生の犬猫達はもはや何にも思っていない。そこらに沢山ある餌の肉片と思って必死にかじりついていた。

「ミャーミャーミャーミャーミャーミャー」と美味しそうに鳴きながら死んだ飼い主の耳や鼻にかじりつく猫達。

「ワンワンワンワンワン」と鳴いて死んだ飼い主である男性の性器を噛み切ろうとする犬達。そして、その犬猫のおこぼれをもらおうと狙っているネズミ、鳩と雀が待ち構えている。おまけに蟻さんや他の昆虫もだ。

これは明らかに革命であった。人間の数はあきらかに減少しているのに犬猫やネズミ、鳩、雀等動物の数は明らかに増加していた。人間がいなくなって、餌の肉となっており、豊富に食料が存在していたのと避妊する必要がなくなり子孫を相当数残せるようになったからだ。

ある猫は子猫を数十匹生んで、幸せそうに暮らしていた。犬やネズミ等その他の動物もだ。日本はすでに動物の楽園になろうとしていた。それは今まで日本人が保健所で殺害した動物達が怨念をはらそうとし、必死に神に祈ったような状態であった。惜しくは、まだ多数人間が生き残っており、彼らの餌の死体を横取りしようとする事とこのパニックの食糧不足の中で犬猫、ネズミ等を食べようとする人間が持つ生の意欲が彼らの爆発的増殖をふせいでいた。

更には卑しくも、街の治安は急激に悪化した。ウイルスに感染し、回復してまっとうに生きようとしている少数の人間、まだ無感染の人間に対して感染して明らかにもう助かりそうもない人間、ウイルスから回復してもその後遺症がひどい為に皮膚が溶けて、目玉が飛び出て、人間のような容姿ではない人生に絶望した人間、感染はしていなくてもこの状態に絶望し、悪党になった人間が戦争状態になっていた。

「殺せ！　殺せ！　奪え！　奪え！」とマサカリを振り回しながら、顔がウイルスでデコボコになり、唇のなくなったリーダー格の男性が叫ぶ。

「守るんだ！　食料と水を！　俺達の未来を！」と額に僅か皮膚がとけただけのウイルスから回復したイケメンの男が叫ぶ。

「もう駄目だ！」とまだ感染していない男が弱気に叫ぶ。

「諦めるな！　日本を。政府を信じるんだ！」

「政府は地下に潜って何もしてくれないいじゃないか！」

「否、何かを考えてくれている。諦めるな！」

「ここで、僕達が戦争をしているのに助けてくれないじゃないか！　自衛隊や警官の一人ですら派遣されてこない」

「信じるんだ！　谷岡総理は絶対に何かを考えてくれている。ここまで日本が諸外国よりも被害が少ないのは谷岡総理のおかげだ！」

「でも、今はもう被害を抑えきれていない。奴らは信じられない！」

その時だった。少数のレジスタンスが多数のゾンビ強盗から街を守る為に作られた頑強な土塁に数台の爆薬を積んだトラックが進んでくる。

「アヒャヒャヒャヒャ、お前らはもう終わりだ！」とまだ感染はしていないが人生を諦めたモヒカンゴロツキのトラック運転手が爆発の寸前に車から飛び降りた。

「ドカーン」と数発の爆音の後、レジスタンス最後の希望である土塁は脆くも大量の粉塵を撒き散らしながら崩れた。

「突撃！」と唇のなくなったリーダー格の男性が叫ぶ。

「オオオオオオオオオオオオオオオオオオオオオオオオオオオオオオオオオオオオオオオ」と後に数千はいると思われる殆ど皮膚がとけた男女のモンスター達が手斧や包丁を持って走ってくる。

日本は明らかに無政府状態だった。このような悲惨な戦争が日本の数百箇所で発生していた。それをもちろん、谷岡総理やその他の閣僚達も知ってはいた。しかし、少数派であるレジスタンスの人間に自衛官や警官を派遣すると口約束をしてはいたが、それを守る事は決してなかった。彼らが夢中なのはこの絶望の日本からどのようにして逃げるかだ。どうせ日本は助からない。

更におまけにもう一つ興味があるとすれば、狡猾な事にまだレジスタンスのリーダーが日本政府を信じているという微かな馬鹿げた希望をどのように利用して権力を死ぬまで握り続けるかだ。

「このユダウイルスのパニックが終了したら、日本人は何人生き残る?」と谷岡総理は計算高く質問する。

「死亡率が九十%なので人口から計算して約一千万人は生き残るでしょう。しかし、このパニックの騒動や生き残ってもウイルスの後遺症で働けない人間も計算したら、概ね労働できる人口は三百万人というところでしょうか」と曽我内閣官房長官が冷静に答える。

「日本を復興できるかな?」

「三百万人もいれば十分でしょ。すでにこの人間は一度感染し抗体を持っているので、たぶんウイルス騒動は起こらないです。規模は小国レベルですがね」

「その三百万人以外の人間はすべて見捨てるしかないな。罪悪感はあるが、それが現実だ。それしか方法はない。逃げる準備はいつできるんだ？」

「後、十日ぐらいで整います」

「それまで何とか持つか？」

「大丈夫です。一緒に逃げる約三千五百人（兵士とその家族達等）は閣僚の親衛隊として配置しており、ウイルス感染防止は特殊防護服も含めて完全な状態で用意しております。その周辺には少し離れて、使い捨ての自衛隊、在日米軍を重武装で数万配置しており、感染ゾンビ達も怖がって近寄ってきません」

「問題ないか。それは頼もしい。ただ、私達を守ってくれている数万の兵隊を見捨てるのは心苦しいな。罪の意識を感じる」

「そこがあなたの欠点ですな。約三千五百人が無人島に連れて行ける限界人数なんで仕方がない」

「そうだな。ただ、気になる事がある。感染ゾンビ達は数万の兵隊が私達を守ってくれているから問題なく対処できる。しかしだ。もし、その数万の兵隊に私達が逃げる事がバレたなら、ただではすまなくなるぞ」

「なるようにしかならないでしょう。もちろん、緘口令はひいていますし、数万の兵隊に対しては疑心を抱かないように最高級の待遇をしています。日本中からぶんどった食糧も優先的に配給していますし、ウイルスに感染した兵士の病院もありますし、感染が拡大しないように専門医も配置しております」

「逃げ切れそうだな」

「もちろん、手抜かりはないようにはしています。出発も夜中の三時に決定しておりますし、誰もわからないでしょう」

「私達がここからいなくなった後はどのように残った兵士に説明するつもりだ?」

「私達がいるという事になっている地下司令室は日本本土全国に複数あって、そのどこかにいると言っておきます。日本本土から離れた無人島に行く。それも国民を見捨てて、騒ぎが治まるのを待っているというのは絶対言わない」

「当然だ」

「楽しみですねえ。小学校の時の遠足みたいですねえ」と曽我内閣官房長官は意地悪そうに言った。

「楽しくねえよ。コソ泥みたいにビクビクするわ! これでも私は内閣総理大臣なんだぞ!」

「お! コソ泥総理! 日本一!」

「冗談でもむかつくよ」と谷岡総理は目を細めながら言った。

14

出発の日がやってきた。曽我内閣官房長官の言う遠足の日だ。しかし、まだ時間は夜の十二時を少しまわったくらいなので時間がある。

「後、三時間で出発かあ」と谷岡総理は感慨深く述べた。

「これで私達は勝てますね。全世界でこの難局を逃げきった少数の人間になれるというわけだ。これほど嬉しい事はない」と曽我内閣官房長官は嬉しそうに話した。

「ワクワクドキドキ」

「私もワクワクドキドキです。それにハラハラです」

今はすべてが完璧だ、逃げ切れる。しかし、数分後、ある二千人いる部隊だけが、何の命令もなく、無人島に逃亡する総理達がいる港に近づいてくるのが報告された。

「あの部隊はなんなんだ。あの部隊だけがなぜ私の命令もなく、こちらに向かってくるのだ？」と谷岡総理は怪訝そうに質問した。

「私にもわかりません」と三谷防衛大臣は不安そうに答えた。

「あの部隊に命令しろ！　こちらに近づいてくるな。守備位置に戻れ、戻って私達を感染ゾンビから守る任務に復帰しろと伝えろ！」

命令は直ちに伝えられた。しかし、あの二千人の部隊からは何の応答もない。ただ、こちらに向かってくるだけだ。それも速い。

「このままでは三十分もあればこちらに着く。どうなっているんだ？」と怒りをこめて谷岡総理は言った。

「私にもわかりません」とお茶目にも曽我内閣官房長官は九官鳥のモノマネをして言った。

「わからんじゃすむか！　どうなっているんだ！」

「再度、命令してみたらどうなんですか？」

谷岡総理は何度も何度もこれ以上前進してはいけない、守備位置に戻り、感染ゾンビ達に備えよと命令をしてみたが、その部隊からは返信は無かった。ただ、ただこちらに近づいてくる。

「もはや気づかれたか」と落胆した表情で谷岡総理は言った。

「そのようですな、できるだけ夜に準備をすすめていましたが、大量の食料や水等の準備を隠すには少し難しいところがあった。もしかしたら、この状況を知っている少数の人間が迂闊にも誰かに話したかもしれない」と三谷防衛大臣は心配そうに答えた。

「やるしかないな。戦闘員千人の内、五百人、反乱を起こした部隊に備える為に待機させろ！　残りの五百人を連れて無人島に逃げる」

「五百人を見捨てる気ですか？　残された家族も承知しませんぞ！」

「仕方がない。どうせ少数の者しか逃亡計画は知らないんだ、五百人の兵士には悪いが家族を伴う特殊任務であるとしか実情を知らない。捨て駒にできる。それに彼らが残した家族も戦闘員ではないので反乱はできない。抑え込める」

谷岡総理の早急な決断で五百人の残留部隊が編成され、反乱軍が到着するのに備えて待機する事となった。本来の出発時間までには後、数時間あるが、緊急事態の為にできるだけ早く出発する事も決定した。すぐに出発できなかったのは燃料がほぼ空の状態なのですべての艦船に補給するには時間を必要としたからだ。

「二千対五百だ。劣勢だ。耐え忍ぶ事ができるかな？」と谷岡総理はイラつきを隠さずに話した。

「大丈夫です。補給の目安である一時間と数分程度はなんとかなるでしょう」と冷静に在日米軍司令官が流暢な日本語で答える。

「なぜそんなに冷静になれるのだ？」

「敵には空軍がいません。陸上部隊のみです。こちらは数機ながら爆撃機を出す事ができるからです」

「敵にも対空専門の部隊がいるだろ？」

「大丈夫です。めったに当たりませんよ。空からの攻撃が圧倒的に有利です」

二十分が経過した、反乱軍はもうこちらの目前にまで進んでいた。閣僚達にも緊張感がヒリヒリと伝わってくる。

「今なら間に合う、守備位置に戻れ！　これ以上の命令違反は反乱とみなす！」という声が大型スピーカーからながされた。

しかし、それに答えたのは言葉ではなかった。

「バーン、バーン」

「ドドドドドドドドド」

「ボーン、ボーン、ボーン」

突然反乱軍から迫撃砲が数発発射され、次に機関銃の雨と戦車の砲弾が次々にこちらに撃ちこまれてくる。

「敵は聞く耳を持たない反撃しろ」と陸上自衛隊の司令官が部隊に直接命令する。

反乱軍と正規軍の二つの軍隊の戦闘がはじまった。

「卑怯者の弱虫、谷岡を殺せ！　殺した奴には国庫から莫大な褒賞をだしてやるぞ！」と敵司令官が鼓舞する声が聞こえる。

戦闘は数に勝る敵部隊が有利ではあったが、空軍を持っている正規部隊も一方的に負けているわけではなかった。敵側が砲弾の雨の後、前進しようとするが爆撃機に狙われてなかなか前進できない。一部の爆撃機が補給に戻ろうとする時に僅かに戦線を前にできるくらいでチマチマしながら進んでいるのが現状だ。

「後、艦船の補給まで何分かかる？」と谷岡総理は必死な声で呟く。

「約四十五分です」と曽我内閣官房長官も珍しく必死な声で答える。

このように戦線はなかなか前進しなかったが、敵軍からの迫撃砲の音が谷岡総理達のいる総司令部にも聞こえる。それも総司令部には直撃してはいないが、近い物は十メートル程離れているだけで、近くには大きな穴が数個はあった。緊張感は更に増していく。

「ドカーン」と物凄い音が聞こえた。敵戦車が発射したと思われる砲弾が総司令部に命中し、建物が巨大な地震にみまわれたように「ガタガタガタガタ」と揺れ動いた。土煙が総司令部の建物に大量に入ってくる。

「イタイ、イタイ、イタイ、イタイ、イタイ、イタイ」とその土煙の中から泣き声が聞こえてくる。

「やられたのは誰だ？」とその土煙の中で皆が驚きながら、被害者を探そうとする。しかし、土煙の中で被害者が見つからない。否、土煙だけではない。総司令部の建物は砲弾でぐちゃぐちゃにゴミが散乱しており、誰が誰だかわからない。おまけに停電もしており、被害者が見つからない。

「総理大丈夫ですか？」と曽我官房長官がパニックになりながら探し回る。

「私は大丈夫だ。後、何分で補給できる？」と涙目で谷岡総理が質問する。

「後十五分です」と同じく涙目で曽我官房長官が答える。

数分後、総司令部の建物についてある緊急用の発電機により、電気が回復した。だが、ゴミや土埃で誰がどこにいるかはよくわからなくなっている。そのゴミの下から声がまた聞こえてくる。

「イタイ、イタイ、イタイ、イタイ、イタイ、イタイ、イタイ、私はここだ助けてくれ！どこを探しているんだ！　ここのゴミの下だ。血が止まらない助けてくれ！」とその土煙の中から泣き声が聞こえてくる。

総司令部の皆がその泣き声の元に集まってくる。しかし、泣き声を出している主の体は砲弾により粉砕された大量の家具のゴミ下にあり、見る事はできない。皆でその泣き声が聞こえる場所に集まって、必死に家具のゴミを数分どかした。なんと！　出てきたのは三谷防衛大臣だった。

「痛いよう、痛いよう、助けてくれ、モルヒネをくれ」と砲弾で大腸と小腸が腹の中から飛び出しながら、泣きついてくる。

すぐに医者がよばれたが、三谷の声がますます弱ってくる。どうみてもこれは手遅れだった。引き裂かれた腹と腸から噴水のように血が噴出してくる。

「俺が、俺が何か悪い事でもしたのか、天下国家の為に必死で頑張っただけじゃないか！」と三谷防衛大臣の弱った声が聞こえてくるのを最後に目から生の輝きが消えた。三谷は生の世界から消滅した。内閣最初の犠牲者だ。

「後何分で出発できるんだ！」と谷岡総理は今まで感じなかった死の予感を感じながら大声で叫んだ！

「大丈夫です。ちょうど今、補給が完了しました。出発できます」と海上自衛隊司令官の喜びに溢れた声が聞こえる。

だが、数分後、敵軍が味方の防衛網を突破した。もう時間はない。一刻も早く艦船に乗船しないと敵軍がなだれ込んでくる。

最初にアメリカ空母に乗り込んだのは谷岡達閣僚とその家族等であった。その後、次々と残りの兵士が乗り込んでくる。その乗り込んでくる兵士の数百メートル先から敵軍にけちらされた味方敗残兵がこちらにむかってくる。どうやら敵軍に殺害されていない二百程度の味方敗残兵がこちらに大急ぎで向かってくる。その後ろから敵軍が機関銃を撃ちながら追撃してくる様子も見る事ができる。

「助けてくれ！　見捨てないでくれ」と味方敗残兵の泣き声が聞こえてくる。

「もう、すべての人員は乗り込みました。いつでも出発できます。ただ、我々を守る為に敗走してきた兵士をどうしますか？」と海上自衛隊司令官の声が聞こえる。

「できるだけの兵士は乗せてやりたいので、ぎりぎりまでは出港しない」と谷岡総理は息を強く吸って話した。

「しかし、後ろから敵が追撃してきます。もし、敵の砲撃が空母に当たれば出港自体ができなくなります」

「一旦、空母を出港させ、敵の砲撃が届かない所に避難させろ、それから、空母から爆撃機を数機出して、敵に一瞬の隙を作れ、逃げてきた兵士はその間に空母にあるすべての小型の救命艇で救い出す。あれだったら、一艘で数十人は乗れるだろう」

「それでは、救命艇の数が足りません。すべての人員が乗れません。どうしますか？」

「心苦しいが、できるだけの人数を収容したら、空母に戻れ！　罪悪感はあるが、無理に救命艇に乗ろうとしたら、機関銃で撃て！」

「わかりました」

空母は港から出航した。その後、すぐに空母から小型救命艇が出され、爆撃機も数機出撃する事になった。又、空母は敵の砲弾が届かないと確実に予想される数十キロ先に避難する事になる。

味方敗残兵救出作戦が始まった。今、味方敗残兵は海岸に追い詰められ、反乱軍に皆殺しにされるところだ。

「谷岡は逃がしてしまったが、こいつらをここで皆殺しにしないと気がおさまらねえ！」と追撃軍の隊長が息巻く。

「もう駄目だ、味方は出港してしまった。俺達は見捨てられたんだ」

暫く、敵追撃軍は数と物量、士気で優勢な事もあり、味方敗残兵を羊のように機関銃で抹殺していった。だが、追い詰められている味方敗残兵は残り弾薬も僅かながらも団結し、命がけの抵抗をしている。追い詰められているだけあって、敵追撃軍も容易に粉砕できない。それに数も後、百七十人程度はいる。

「もう、機関銃の弾がない。防ぎきれない」

「あるだろ！　まだ大量に手榴弾があるだろうが？　それを皆で海岸の岩に隠れて投げつけるんだ！　最後の意地を見せてやれ！」

戦闘場所は夜中の岩だらけの海岸という事もあり、地形が味方敗残兵に有利に働いた。まだなんとか総崩れしていない。敵の機関銃や迫撃砲も多数の岩にあたっており、有効な手段にはなっていない。

「ゴーーーーーーーーーー」という音がその時なった。次の瞬間、敵追撃兵に爆弾数発が落ちた。敵兵は混乱している。

「お前達！　助けに来たぞ、乗り込め！」と小型救命艇に乗った小柄の兵士が大声で叫んだ！

「ワーーーーーッ」と味方敗残兵に歓声が聞こえる。

「生きられるぞ！　助かった！」と言いながら、彼らは用意した数隻の小型救命艇へ卵子に向かってくる精子のように乗り込んでくる。必死だ。自分が先に乗り込もうと仲間の頭を抑えて、進もうとする者もいる。しかし、どうしても後、六十人が乗り込む事ができない。船の収容能力が足りない。

「お前達、これ以上は進めない」

「どういう事だ？」

「こういう事だ」と言った瞬間に残りの味方敗残兵にスズメバチのような弾丸が無数に撃たれた。

「ドドドドドドドドドドドド」と機関銃の音が潮の匂いがする海岸に鳴り響く。

残り六十人の味方敗残兵はまさか味方に撃たれるとは思っていない不意をつかれ、

次々と倒れていく。殺虫剤をまかれた蚊のように海に倒れていく。海はイチゴジャムとなり、これで救出作戦は完了した。

「これで私達は助かる」と谷岡は満足げに呟き、これから無人島を感染者のいない楽園にすると決意した。今までの犠牲が無駄にならないようにと。

その気持ちを感じるように眩しい輝きを放つ無数の星々に照らされた空母は目的の無人島まで潮風と波にゆっくり揺られながら、未来は希望に満ちているように順調に航海していた。

15

船は無人島に悠然と向かっていく、風の流れもそれを邪魔する事はない。船の中は平和そのものだ。空母と大量の物資を運ぶ船数隻と味方の兵士数百名とその家族、感染症の専門家の医者、上級幹部用の料理人等二千五百人程いる。

船の中は皆が安心していた。日本本土の地獄からやっと離れる事ができたのだという安心感が漂っていた。それに先遣隊百人による徹底的な調査によって、日本本土から約六十キロ離れた半径三キロ程度の秘密にされた小さな無人島に感染難民が逃げ込んだ様子は全くなく、彼らが生活した跡も残ってはいなかった。

「これで私達はユダウイルスに完全に勝利したのか？」と谷岡総理は悲しそうにゆっくりと話した。

「当然です。日本本土はもう駄目でしょうが、ここにはこの程度の人間なら何年も十分に暮らしていける食料や医療品等の物資があります。特にここには日本全土から強制的に徴収したユダウイルスを防ぐあらゆる最高の物資、十分すぎるほど感染症の専門医師もいます。これで駄目でしたら、どこでも駄目でしょう」と曽我内閣官房長官が冷静に答える。

「これで本当に良かったのか？」

「私達は自分の命が危うくなるまでは日本国民に尽くしました。自分の命が無くなるまで日本国民を助ける義務はありません」

「そういう考え方も確かに正しいかもしれないが、完全には納得できないな」

「どういう事ですか？」

「古い考え方かもしれないが、日本が破滅する時は私達も破滅しなければならないという使命感だ。日本国民の命と財産を守る事ができなければ、自分とその家族の命と財産で責任を取るという事だ。沈没する船の船長が、客をいくら限界まで助けようと努力しても、客が死ぬのであれば、自分達も逃げたら駄目だろうという職業意識、つまりプロ意識だな」

「英雄主義ですなあ。それも昔からある英雄主義。じゃあ、そのロマンチシズムの為に日本本土に戻って死ぬ事は今でもできますよ？　数名の兵士とボートを一隻だしましょうか？」

「それはお断りだ。私も人間だ。生きたいし、幸せになりたい。それに英雄主義的ロマンチシズムだけではない。罪悪感もあるし、責任感もあるという事だ。しかし、現実は生への執着が勝った。人間らしいと言えば、人間らしいがね」

「そんなものですよ。人間は。人間には複数の感情があって、その強い物が勝つんです。幕末から明治維新のような乱世の世界に生きていたら、英雄主義的ロマンチシズムと罪悪感、責任感の為に総理は日本本土に留まって死を選んだでしょうね。でも、私達が生きていたのは第二次世界大戦後、アメリカの核の傘によって長い平和がもたらされた日本です。その治世（よく治まっている世の中）の豊かで平和な日本でそのような英雄主義的ロマンチシズム、罪悪感、責任感も育つわけがない。その平和な世の中で育った総理が、あれだけ必死に努力していたんだから、誰も文句は言いませんよ。あれだけ平和で豊かな時代に突然、発生したとんでもないウイルスです。治世で育った総理としてはよく努力した方だと思います。江戸時代中頃の武士も平和に慣れて、切腹できなかったですしね」

「そうか褒めてくれるか嬉しいな」

「私は総理を褒めますよ。最後に逃げてきた兵士もできるだけ見捨てようとはしなかった」

「ありがとう」

「育ってきた環境が違うんであまり自分を責めない事が大切ですな。私達は乱世の人間ではない。治世の人間です。治世の人間なら、無理に乱世の人間になるのではなく、治世の人間として生きましょう。それが運命です」

「わかった」

「後数時間で着きます。それまでここで夜風に当たりながら、美しい星々を見ていたらどうですか？　少しは気分が良くなりますよ」

「わかった。そうする。一人で居たいから少し下がってくれないか？」

「どうぞ、リラックスしてください。無人島到着後には仕事が沢山待っていますからね」と曽我内閣官房長官は部屋に早足で去った。


谷岡総理は一人、「ボーッ」と考えていた。今まで日本国の為に努力してきた記憶を思い出していた。政治家を目指したのは高校生の時に坂本竜馬に憧れていたからだった。あのように命をかけて天下国家に尽くしたいと考え、何十年も必死に努力した。

「私は本当に日本国に尽くしたのか・・・・・」

谷岡総理がそう呟いた瞬間に喉元に冷たい刃物の感触が「ヒヤリ」とした。

「ケケケケケケッケケケケケケ、逃がさないぞウジ虫野郎！」と顔が完全に溶けて片目しかない日本人感染者が喜びに満ち溢れながら小声で話した。

「お前どこにいたんだ！　そんなの不可能だ！」

「馬鹿、貨物室の中に隠れて、お前が夜一人になるのを待っていたんだよ！」

「俺のような大善人を殺すのか！　俺のおかげでお前たちは世界の国のどの人間より長生きできたのだぞ！」と谷岡総理が言うと同時に刃物が喉を切断した。

「ドビュ」っと血がロケット花火のように噴き出たが、夜の闇の中、それに気がつく者は誰もいなかった。部屋の窓の中では曽我内閣官房長官や他の閣僚達が楽しそうに会話しているのが見える。「助けてくれ！」と言いたいが言葉がどうしても出ない。

「俺が尽くした国民はこんな怪物だったのか！」と心の中で絶叫しながら、その首は闇夜の海の中に落ちて消滅した。もう首は見つからない。

ロックウィット出版の本

姥捨て山戦争　松本博逝著

民主主義は失敗した。老人の数の力を頼りに権力を握った老人政治家は私利私欲に目がくらみ公益より、私益を選んだ。年金は九十歳支給となり、日本全体は不満の渦に包まれる。暴動発生！　その後、革命が起こり、若者と中年による軍事独裁政権が発足。敬老の日が廃止され、若者の日が制定、政府は現役世代の負担を減らす為に超強権的処置の現代的姥捨て山政策を行う。金の為に老人を追う若者と逃げつつ若者に抵抗する老人。老人への負担に苦しむ日本の近未来小説。勝つのは老人、若者のどちらか？

私はサラリーマンになるより、死刑囚になりたかった　松本博逝著

現代の組織の中で、臆病な駒で労働力を提供し、自由を諦めた動物にしかすぎない事を誇りにするサラリーマンに疑問を持った、金持ちのイケメン芸能人を激しく憎む三十代男性ニート（無職）の物語。日本型資本主義社会に虐げられた者が社会の矛盾点を容赦なくえぐり抜く。

好評発売中！

人格を磨くすすめ（人間関係改善）

松本博逝著

同僚や上司・部下に陰口を言われた事ありますか？同級生に陰口を言われた事ありますか？人格はあなたの将来を明るくするか、暗くするかに影響を与えます。聞き上手等のテクニックも大切ですが、高い人格がなければテクニックもあまり役に立ちません。この本は主に、人間関係に一番重要な高い人格について書いています。高い人格は会社や学校でも役に立ちます。その為には普通を極める必要があります。

好評発売中！

著者プロフィール
松本博逝
１９７８年１１月２９日に誕生
１９９４年大阪市立梅南中学校卒業
１９９７年上宮高等学校卒業
２００２年関西学院大学法学部政治学科卒業
松本博逝はペンネームである。その他、著書として「私はサラリーマンになるより、死刑囚になりたかった」や「姥捨て山戦争」等がある。
趣味は読書、人間観察等

悪魔のウイルス

著者　松本博逝
2021年　1月　18日　初版発行
発行者　岩本博之
発行所　ロックウィット出版
〒５５７－００３３
大阪府大阪市西成区梅南３丁目６番３号
電話　０６－６６６１－１２００
装丁　岩本博之
印刷所　ニシダ印刷製本
製本所　ニシダ印刷製本

ISBN978-4-9908444-4-8